楽園奇談

椹野道流

white heart

講談社X文庫

目次

物紹介

●天本《あまもと》　森《しん》

二十八歳。デビュー作をいきなり三十万部売ったという話題のミステリー作家。のみならず、種々の霊障《れいしょう》を祓《はら》う追儺師《ついなし》として、「組織」に所属。彫像のような額に該博《がいはく》な知識を潜め、時に虚無的な台詞《せりふ》も吐くが、素顔は温かく、力強い。クリスマスの前夜、ロースト・チキンを囲んでの家庭的な宴《うたげ》の最中、だしぬけに来訪したのは、おなじみの例の面々。さて、今回の仕事はどうなるか。

●琴平敏生《ことひらとしき》

二十歳。蔦《つた》の精霊《せいれい》である母が、禁を犯《おか》して人とのあいだにもうけた少年。常人には捉《とら》え得《え》ぬものを見聞きする。母の形見の水晶珠《すいしょうだま》を通じて、草木の精霊の守護と、古《いにしえ》の魔道士たちの加護とを得る。「裏」の術者たる天本の助手として「組織」に所属。無人のテーマ・パーク――クリスマスが終わり、新年を迎えるまでのエア・ポケットのような三日間、少年はそこでなにを見るのか。

登場人物

●龍村泰彦《たつむらやすひこ》

天本森の高校時代からの親友。兵庫県下で監察医《かんさつい》の職にある。奇抜な服装センスと率直な言動が特徴の大男。天本と敏生のよき理解者であり、協力者である。

●小一郎《こいちろう》

天本の使役《しえき》する要《かなめ》の「式《しき》」で、天本に従う式神《しきがみ》どもの束ねの役を負う。物言いは古風だが、妖魔《ようま》としては若い。通常、羊人形に憑《よ》り、顕現《けんげん》の際に青年の姿をとる。

●早川知足《はやかわちたる》

「組織」のエージェント。本業は外国車メーカーの販売課長。慇懃《いんぎん》な物腰、丁重な言葉づかい、気配りも段取りも完璧《かんぺき》だが、しゃあしゃあとした食わせ者の一面も。

●河合純也《かわいすみや》

「組織」に属する盲《もう》目《もく》の追儺師《ついなし》。天本のかつての師匠。通称「添《そ》い寝屋《ねや》」。その名のとおり、添い寝をすることによって、妖《あやか》しの正体を見切り、封じる能力を持つ。

イラストレーション／あかま日砂紀《ひさき》

楽園奇談

序章　クリスマスイブの喧噪《けんそう》

それは、クリスマスイブの夜のことだった。

「天本《あまもと》さん、お手伝いしましょうか？」

そう言って台所に顔を出したのは、琴平敏生《ことひらとしき》である。今日何度目か数えきれないその言葉に、彼の師匠兼同居人兼恋人の天本森《しん》は、これまた何度繰り返したか知れない台詞《せりふ》を口にした。

「いいよ。もう手伝ってもらうほどのことはないんだ。それより、ゲストの相手を頼む」

ゲストというのは、偶然（と本人は主張する）こちらに来合わせた、森の旧友龍村泰彦《たつむらやすひこ》のことである。兵庫県《ひょうごけん》監察医務室に常勤監察医として勤務している龍村は多忙の身の上だが、それでも時間を作り、彼曰《いわ》く「実家より近い存在」の天本家をしばしば訪れる。

敏生は森の言葉に、笑いながら冷蔵庫を開けた。

「そう言うと思ってました。でもって、ゲストがビールをご所望なんです」

オーブンの中の様子をチェックしながら、森は軽く眉根《まゆね》を寄せた。

「まったく。ビールで満腹になって、食事が入らないなんて体《てい》たらくになっても知らないぞ」

「僕に言ったたって知りませんよう。本人に言わなきゃ」

「…………」

森は台所から顔を出すと、ソファーに長々と寝そべって雑誌を広げている龍村に声をかけた。

「おい、龍村さん。もう四缶目だろう。たいがいにしておけ。ディナーには、よく冷えたシャトー・ラ・トゥールがつくぞ」

「おっ。そりゃ豪勢だな」

龍村は、驚いたように太い眉《まゆ》を上げる。夕方、到着したときに来ていたスーツはさっさと脱ぎ捨て、今はもうこれ以上楽になりようがないジャージ姿だ。

「もらいものだ。ひとりで飲むのは勿体《もったい》ないから、今日までとっておいた」

「ほう。では、ビールは打ち止めにして、おとなしくご馳走《ちそう》の完成を待つとするか」

「そうしろ。鶏《とり》が焼けたら完成だ。三十分もかからないよ」

「そうか。では食卓の準備でも手伝うか？」

「べつにいい。……ああ、そうだ。では、酒の用意を頼もうかな。そっちはあんたがプロだから」

「おう。元バーテンダーだからな。任せとけ。……とと、この格好では、高価なワインに失礼かな。もう一度ドレスアップしたほうが……」

「そこまで凝らなくていい。というより、あんたがドレスアップしても喜ぶ奴《やつ》はここにはいないさ」

「む。無礼な奴だな。まあいい。ではお言葉に甘えて、このままでいるとするか」

龍村はむっくりと起き上がると、茶色いジャージのせいで冬眠明けの熊《くま》にしか見えない格好で、のそのそと台所へやってきた。

「あー、ずるいや、龍村先生だけ。僕も何かお手伝いしますってばー！」

子供のように頰《ほお》を膨らませてむくれる敏生に、森は苦笑いして言った。

「だったら、向こうの戸棚から食器を出して並べてくれ。昨日洗っておいたから、そのままでいい。割らないように気をつけろよ」

「はーい」

敏生はリビングの飾り戸棚を開け、そこに綺麗《きれい》に並べてある食器を一枚ずつ慎重に取り出した。それは、白地にブルーと金で繊細な葡萄《ぶどう》の絵が描《か》かれた洋食器のセットで、クリスマスや誕生日といった特別な日にだけ使われるものだ。

食器に引き続き、敏生は引き出しから銀のカトラリーを出した。これも森が大切にしているとっておきの品で、どうやら食器と一緒に手に入れたアンティークらしい。裏側に、判読不可能なくらい小さな刻印がいくつか並んでいる。

大皿とパン皿を一枚ずつそれぞれの席に置き、カトラリーもきちんと皿の脇《わき》に並べる。最後に、縁が紙のように薄い繊細なワイングラスをそうっと配置した。

そうしておいて、敏生は満足げな笑みを浮かべ、テーブルを眺めた。

グリーンのテーブルクロスに一回り小さな赤のテーブルクロスを重ねたいかにもクリスマスらしいテーブルに、ヨーロッパ映画のように美しい食器類。

「うん、いい感じ」

そんな自画自賛を口にしていると、龍村がワインクーラーを抱えて現れた。

「おっ、綺麗《きれい》にできたな。さて、酒をどこに置くか」

銀色に光るワインクーラーには、氷がギッシリ詰められている。それをテーブルの端に置くと、龍村はソムリエナイフを持ってきて、白ワインのボトルを鮮やかな手つきで開け始めた。

「上手ですねえ」

敏生はそれを羨《うらや》ましそうに見ている。

「そりゃ、バーテンダーのバイトを四年近くも続けていれば、上手《うま》くもなるさ。あの店は、オーナーの趣味でワインの品揃《しなぞろ》えも凄《すご》かった。……本当はこのワインは、生牡蠣《なまがき》なんかによく合うんだがな」

「ふーん……あ、抜けた」

首尾よく綺麗《きれい》に引き抜いたコルクの香りを嗅《か》いでから、龍村はそれを敏生に手渡した。

「いい香りだ。滅多《めった》にお目にかかれない上等なワインの芳香を、後学のためによーく味わっておきたまえ」

敏生は小さなコルク栓を鼻に近づけてクンクンしたが、すぐにそれを放《ほう》り出《だ》した。森が、台所から大皿を持って登場したからだ。敏生にはまだまだ「花より団子」ならぬ「酒より飯」らしい。

「わあ、チキン、焼けたんですか？」

「ああ。今年は鶏《とり》が大きかったから、少し余計に時間がかかった」

そう言いながら森は、テーブルの中央に楕円形《だえんけい》の大皿を置いた。大皿の中央には、こんがり焼けた巨大なローストチキンが鎮座している。肉の香ばしい匂《にお》いが、部屋じゅうに漂った。

チキンの周囲には、ベーコンでクルリと巻いたソーセージと、こんがり焼けたベイクドポテト、それにぱりっとした瑞々《みずみず》しいクレソンが盛りつけられている。

森は再び台所へ引き返すと、今度は付け合わせの鉢を持って戻ってきた。

付け合わせは、クリスマスの定番である茹《ゆ》で野菜……芽キャベツと人参《にんじん》、それにブロッコリーである。ほこほこと湯気を立てる人参からは、ほんのりとバターが香った。その脇《わき》には、敏生のリクエストで去年から追加されたパルメザンチーズのたっぷり入ったハッシュドポテトが、楔形《くさびがた》にカットされて並べてある。

「うわあ、凄《すご》くいい匂《にお》い。お腹《なか》がきゅーきゅー言ってますよ」

目を輝かせる敏生に、森は少し誇らしげに言った。

「クリスマスのご馳走《ちそう》は、これだけじゃないぞ。まだオードブルがある。運ぶのを手伝ってくれるかい？」

「はいっ」

敏生は喜び勇んで森の後について台所へ行こうとした。ところが……。

ピンポーン！

インターホンが、最悪のタイミングで来客を告げる。

森は思いきり嫌そうな顔で立ち止まった。ワインボトルをクーラーに収め、自分は一足早くテイスティングとしゃれこんでいた龍村は、グラス片手に立ち上がった。

「僕が出ようか？」

「いや、どうせ荷物か何かだろう。敏生、頼む」

「わかりました」

敏生は身軽に玄関へ出ていく。ところが彼は、すぐに台所に戻ってきた。困惑と可笑《おか》しさが混ざり合った奇妙な顔つきをしている。

「どうした？」

森に問われて、敏生は小さく肩を竦《すく》めてこう言った。

「ご馳走《ちそう》、二人分増やせますか？」

森はちらとテーブルを見遣《みや》って答える。

「メインは、五人で平らげても残るくらいだし、オードブルも今から盛りつけを変えて一品増やせば対応できる。……が、来客は誰なんだ？」

「たぶん、天本さんの想像してる人たちです」

敏生はクスリと笑った。森はやれやれといった様子で、エプロンをつけたまま玄関へと向かった。龍村も怪訝《けげん》そうな顔でついていく。

「……なるほど、想像どおりだ」

森は、うんざりした顔と声で呻《うめ》いた。

玄関には、その関係を知らない者には限りなく珍妙な取り合わせの二人連れが立っていた。

トレードマークのグレイのスーツをきちんと着こなし、アタッシュケースを提げているのは、外国車メーカーの販売課長、または霊障《れいしょう》解決業を請け負う「組織」のエージェント、早川知足《はやかわちたる》である。

もうひとり、ヒョロリとした身体《からだ》を洗《あら》い晒《ざら》したシャツとジーンズに包んだどこから見ても大学生風の青年、こちらは「組織」に属する「表」の術者であり、森の師匠である河合《かわい》純也《すみや》であった。見掛けにそぐわず、もう四十のラインをまたいだ立派な「大人」である。

早川は、柔和な笑みを浮かべ、森と龍村に深々と一礼した。

「しばらくのご無沙汰《ぶさた》でございました、天本様。それに龍村様までおいでとは。お目にかかれて嬉《うれ》しゅうございます」

「や、これはお久しぶりで」

龍村は笑顔で挨拶《あいさつ》を返したが、森はあからさまな渋面で、こう問いかけた。

「クリスマスイブの夕飯時に、河合さんまで伴ってお前が来るとは、いったいどういう風の吹き回しだ？　今夜は、家族と食卓を囲むんじゃないのか？」

「は、それが今年は、妻と娘が、妻の両親と一緒にハワイに行っておりまして。家に帰りましてもひとり……いや、それで天本様をお訪ねしたわけでは決してないのですが」

「そうそう、べつに飯時狙《ねら》ってきたわけやないねんで、偶然や、偶然。ちょいと仕事の話があってな。ほんで来たんや。……せやけどええ匂《にお》いすんなあ」

見えない目を閉じているせいで眠ったような顔をした河合は、少しも悪びれずそんなことを言う。

「ね、天本さん」

敏生は心配そうに森の顔を見上げた。森が、彼らを追い返すのではないかと、ハラハラしていたらしい。森はしばらくむっつりと黙り込んだ後、こう言った。

「早川。悪いが、イブの夜に仕事の話を聞くつもりはない。河合さんにも……申し訳ないですが」

「天本さんってば」

森の冷ややかな言葉を聞いた敏生は、森のエプロンを軽く引っ張って諫《いさ》めようとする。森は、小さく嘆息して、こう締《し》め括《くく》った。

「だが、せっかく来た客人を追い返すなんて狭量《きょうりょう》な振る舞いは、クリスマスにはふさわしくないだろうな。今、ちょうどディナーの準備ができたところだ。よければ食っていくといい。……河合さんも、もしいい方とのお約束がないなら」

それを聞いて、敏生と龍村は、ホッと安堵《あんど》の表情で視線を交わす。河合は、にんまりとカエルのような笑顔で頷《うなず》いた。

「おっ、おおきに。さすがテンちゃん、太っ腹やなー。いやあ、オレも、今世話になってる姉ちゃんが年明けまで旅行に出てしもて、どないしょっかと思ってたとこやねん。ほな、お邪魔さしてもらうわな」

そう言うなり河合はさっさと靴を脱ぎ、家に上がり込んでしまう。

「河合さん、どうぞ。こっちです」

敏生はそんな河合に手を貸して、食堂のほうへと案内した。河合に対する過去のわだかまりをまだ完全には消せずにいる龍村に配慮したのだろう。

「やれやれ、琴平君に気を遣われるようじゃ、僕もまだまだだな。クリスマスにはすべての人に寛容にせよ、だ」

龍村は、つい強張《こわば》ってしまった頬《ほお》を片手でペシリと叩《たた》いてから、早川に目配せして言った。

「天本の気が変わらないうちに、上がったほうがいいですよ。今日はとびきりのワインがありますからな」

「おや、それは楽しみですね。では、遠慮なくお邪魔いたします。あ、これはつまらないものですが、どうぞ」

そう言って、早川は森に紙包みを差し出した。ヒンヤリと冷たく平たいそれを受け取り、森は軽く首を傾《かし》げる。

「これは？」

「は、スモークサーモンでございます。もしよろしければ、本日のオードブルにでもお使いください」

「……いつもながら、周到すぎる気配りには頭が下がるな」

まったく頭の下がりそうな気配も見せずにそう言い放った森は、スタスタと廊下を歩き去る。

「恐れ入ります」

早川は、微笑を浮かべて恭《うやうや》しく一礼したのだった……。

さて、メンバーが二人増え、いきなり賑《にぎ》やかになったところで、クリスマスイブのディナーが始まった。

ブツブツ言っていたわりには、早川の手土産はやはり有用だったらしい。本来の生ハムとフルーツを取り合わせた美しい料理と共に、ケイパーとスライスオニオン、それにレモンを添えたスモークサーモンも、前菜として供された。二人分増やしたせいで寂しくなってしまった皿の空間部分を、サーモンがちょうどよく埋めてくれたのだろう。

とっておきのワインが振る舞われ、美しいテーブルセッティングやテーブルの真ん中で本日の主役であることを主張する大きなローストチキンに、皆感嘆の声を上げる。

皿の上にまるで絵画のように美しく盛りつけられたオードブルは、光の速さで平らげられた。

森は敏生に手伝わせてオードブルの皿を下げ、メインディッシュ用の新しい皿と一緒に、大きなカービングナイフを持って戻ってきた。

「さて、メインディッシュといこうか」

「おっ。いよいよこのどでかい鶏《とり》に取りかかるんだな。よし、こういうことは、解体のプ

口に任せておけ」

そんなあまり微笑《ほほえ》ましくない台詞《せりふ》を口にして、龍村はチキンのサービス役を買って出た。

大きなナイフをチキンに当てると、パリッと音を立てて香ばしく焼けた皮が破れ、オーブンに入れる前に皮の下に忍ばせたベーコンと、白くしっとりした肉が現れる。龍村は関節部分にナイフの先を器用に差し入れ、両方の脚を容易《たやす》く取り外した。さすがプロだけあって、無骨な手が、実に繊細な仕事をする。

それぞれの脚をさらに二つずつに切り分け、胸肉を切り外したところで、選手交代である。今度は森が、各々《おのおの》の皿に肉を取り分け、その脇《わき》にたっぷりと付け合わせのソーセージと野菜と、それから鶏《とり》の中に詰めて焼いた林檎《りんご》を一かけずつ盛りつけた。最後にスプーン山盛りのゼリー状にこごったクランベリーソースを添えると、大皿は、溢《あふ》れんばかりの賑《にぎ》わいになる。

皿が皆に行き渡るとすぐに、一同は再びナイフとフォークを取り上げた。ローストの出来ばえは申し分なく、あっという間にたっぷりあったはずの料理は減っていく。

クリスマスイブに不機嫌でいることほど、つまらないことはない。早川の前ではいつもぶすりとした表情を崩さない森も珍しいほど笑顔でいたし、過去の因縁を引きずって河合には素っ気ないはずの龍村が、みずから河合のグラスにワインを注《つ》いでやったりした。

そしてそのすべてを嬉《うれ》しそうに見ていた敏生は、さりげなく別皿にご馳走《ちそう》を取り分け、庭へ出てみた。

「あ、やっぱりいた」

案の定、庭でいちばん大きなクスノキの幹にもたれて、敏生が捜していた式神《しきがみ》の小一郎《こいちろう》は、ふて腐れた顔つきで立っていた。

「何か用か」

待ってたくせに、と心の中で呟《つぶや》きながら、敏生は皿を手に小一郎に近づいた。

「クリスマスのご馳走、これ、小一郎の分だよ。お客さんがいっぱい来ちゃったから、小一郎、きっと家には入ってこないだろうと思って。ごめんね、ホントは一緒にお祝いしたかったんだけど」

「……あの面子《メンツ》は鬱陶《うっとう》しい。ここにおるほうがずっと楽だ。それに俺は、べつにそのような人間の食べ物になど、執着してはおらぬ」

正直な式神の顔には、そんなことは嘘《うそ》だとデカデカと書かれている。その野性味溢《あふ》れる吊《つ》り上《あ》がった目は、さっきからずっと敏生の顔ではなく皿の上のご馳走に釘《くぎ》付《づ》けなのだ。

それをよく知っている敏生は、屈託ない笑顔で皿を差し出した。

「そう言わずに、食べてよ。せっかく持ってきたんだからさ。……小一郎の嫌いな、意味のわからないお祭り騒ぎだけど、それでもクリスマスは特別な日だもん。小一郎も、美味《おい》しいもの食べなきゃ」

「まったくだ。何が特別かさっぱりわからん。……だが、お前がどうしてもと言うのなら、食ってやらんでもない。ところで早川が来たということは、仕事が入るのではないのか？」

小一郎はいかにも渋々といった様子で皿を受け取り、そのわりに素早く大口でチキンを頬張《ほおば》りながら、不明瞭《ふめいりょう》な口調でそう訊《たず》ねた。敏生は軽く首を傾《かし》げる。

「どうかなあ。天本さん、クリスマスに仕事の話なんて受けたくないって言ってたけど、相手はあの早川さんだし。河合さんもいるしね。もしかしたら、お正月前に出かけなきゃいけないかもしれないよ」

「だな。式《しき》どもの備えを万全にしておかねばなるまい。……む、もう戻れ、うつけ。主《あるじ》殿《どの》が裏口にお出ましだ」

小一郎は、あっという間に空っぽになった皿を敏生に突き返すと、灯《あか》りの点《とも》った家のほうに顎《あご》をしゃくった。なるほど、薄暗い勝手口に、背の高い人影が見える。

「うん。じゃあまたね、小一郎」

敏生は皿を手に、勝手口に駆け戻った。森は訝《いぶか》しげな顔で裏口を半分開けて立っていたが、敏生が手にしている汚れた皿を見て、すべてを察したようだった。

「なるほど、小一郎に差し入れか」

敏生は照れ笑いで頷《うなず》く。

「ええ。すいません、勝手なことして。それに、黙ってパーティ抜けちゃって」

「それは構わないが、君さえよければ、そろそろデザートにしようと思ってね。まあ、まだ食い足りないと言われても、もはや大した食材は残っていないんだが」

「もうお腹《なか》一杯ですよ。でもデザートは別腹です。ケーキですか？」

「ああ。その前に、飲み物の準備を手伝ってくれるかい？　最近は、俺より君のほうがコーヒーを淹《い》れるのが上手なようだから」

「はいっ。任せちゃってください」

　森に手伝いを頼まれるのが何より好きな敏生は、二つ返事で頷き、家に入ったのだった。

　龍村が神戸《こうべ》で買ってきた大きなクリスマスケーキとコーヒーでデザートを平らげてしまった後、一同は満ち足りた幸せな気分で居間のソファーに落ち着いた。それでもまだ、二杯目のコーヒーと共に出された焼きたての小さなミンスミートパイに手が伸びてしまうあたり、人間とは貪欲《どんよく》な生き物である。

　居間には敏生が小一郎と二人で飾りつけた大きなクリスマスツリーがあり、旧式のレコードプレーヤーからは、何十年も前に収録されたクラシックなクリスマスソングが流れている。それは静かで和やかな、クリスマスイブの夜の風景だった。

最初に釘《くぎ》を刺されたせいか、早川は、そこに至るまで、ただの一言も仕事の話を持ち出しはしなかった。おそらくは早川と同じ用件で天本家を訪問したのであろう河合もまた、ただ楽しげに料理を口に運ぶばかりで、今のところは他愛《たわい》ない話しかしていない。

そうあっさりと沈黙されるとかえって気になるのは無理からぬことで、こういう駆け引きにおいては、我慢できなくなったほうが敗者になるのはお約束だ。そしてその夜、たまりかねて先に口火を切ったのは、森だった。

「で、早川」

「はい、何でございましょう」

「用事があるなら、さっさと言え」

早川はコーヒーカップをテーブルに戻し、申し訳なさそうにかぶりを振る。

「いえ、天本様の仰《おっしゃ》られるように、クリスマスイブに仕事の話など、まったく無粋でございました。また日を改め……」

「さっそく明日押しかけてくるつもりだろう。そのほうがよほど煩わしい。構わないから、今言え。聞くだけは聞いてやる」

森は苦虫を嚙《か》み潰《つぶ》したような顔で、ソファーに深々と腰掛け、長い足を組む。自分が根負けしたことを自覚しつつも、認めたくはないらしい。敏生と龍村は、そんな森と、全開の営業スマイルになった早川を見比べ、クスクスと笑った。

「それでは、お言葉に甘えて……」

早川はアタッシュケースを開け、中から小さなパンフレットを出してローテーブルに置いた。森が動こうとしないので、敏生は手を伸ばし、それを取った。ひと目見るなり、大きな目が、まん丸に見開かれる。

「あー、これ、東京タイムスリップパークじゃないですか！」

「何だって？」

森の手が、敏生からさっとパンフレットを取り上げた。龍村も、敏生越しに森の手元を覗《のぞ》き込《こ》んだ。

「ほう、タイムスリップパークか！　懐《なつ》かしい場所だなあ、天本。覚えてるか、修学旅行で行ったろ」

「忘れるはずがないだろう。旅行中に寝不足で働く羽目になった最悪の場所だ。どういうことだ、早川」

森は鋭い視線を有能なエージェントに向ける。早川は、「懐かしゅうございますね」と目を細めた。

「あれはまだ、天本様も龍村様も高校三年生のときでございましたね。東京タイムスリップパーク全体の浄化を河合様がお引き受けになり、それを修学旅行中の天本様にお手伝いいただきました。龍村様と初めてお目にかかることもでき、嬉《うれ》しゅうございました」

まるで年寄りの昔語りのようなしみじみした口調だった。いつも慇懃《いんぎん》無礼《ぶれい》な態度を崩さない早川だけに、やけに実感がこもっているように聞こえる。敏生は笑顔で頷《うなず》いた。

「ええ、僕もその話、龍村先生から聞きました。ずっと行ってみたいと思ってたんですけど、話を聞いてから、ますます行きたくなってたところだったんです。あ、でも早川さん。パンフレットが出てきたってことは、今度の仕事場所も、そこなんですか？」

「ええ。浄化はあれ以来行っておりませんので、もう十年ほど経過したことになります。やはり最近、小さな幽霊騒ぎなどが頻発しており、そろそろまた大がかりな浄化を行ってほしいとの依頼がございました」

森はうんざりした顔で、河合を見た。

「やれやれ。それで、今回もまた河合さんが？」

河合は、ようやく自分にお鉢が回ってきたので、ずり落ちた眼鏡《めがね》を指で押し上げた。

「ま、できたら前回と同じ術者で手際《てぎわ》よう、っちゅう依頼でな。そんで早川さんがオレんとこに話を持ってきはってんけど」

龍村は、太い眉根《まゆね》を寄せて、棘《とげ》のある口調で口を挟んだ。

「まさか、また天本に手伝えと言いに来たんですか？　天本はもう、あなたの助手ではないでしょうに」

「……龍村さん」

森が低い声で龍村を制しようとする。だが河合は気にした様子もなく、へらりと笑って、「違う違う」と片手を振った。

「手伝《てつど》うてほしいわけやないねん。っちゅうか、オレもあんときとは違って、もう年やろ？　いくら二十五から年とるん止《や》めた言うても、さすがにあの広い園内まるごと浄化するんは、身体《からだ》がえろうてなー」

「河合さん、まさか……」

「うん。もしテンちゃんさえよかったら、この仕事、引き継いでくれへんかな。いや、嫌やったらオレが老骨に鞭《むち》打って、もっぺんだけやってもええと思てるねんで。けど、昔みたいに式神《しきがみ》ようけ飼っとるわけやないし、それに今回も日程がハードでなあ。ちょいときついかなて思てんねん、マジで」

「日程が？」

森は訝《いぶか》しげに早川に問いかける。

こういうところが森のお人好《ひとよ》しである所以《ゆえん》だ、と龍村は舌打ちしたいような気分で彼らの会話を聞いていた。最初から河合は森に仕事を押しつけるつもりでここに来たのだろうし、早川がそれに同行しているということは、彼もまた、それを容認するつもりなのだろう。

（面倒を押しつけられるだけだとわかっているだろうに、結局師匠の言うことには逆らえないんだよな、こいつは。……ま、それが天本のいいところではあるんだが）

そんな龍村の心の動きを察したのか、隣にちょんと座っている敏生が、まだほの温かいミンスミートパイをもぐもぐと頬張《ほおば》りながら、ちらりと龍村を見上げた。

（お・仕・事・み・た・い・で・す・よ）

声を出さず、唇だけを小さく動かして、敏生は悪戯《いたずら》っぽい笑顔でそんな言葉を形作る。幼い子供のような仕草が、龍村の心の小さなささくれをたちまち治してしまう。龍村も片頬だけで気障《きざ》に笑って、広い肩をそびやかした。

早川は、恐縮しきりの態度で、しかし容赦なく仕事内容の説明を始めた。

「はい。実は明日のクリスマスイベントが終了してから、年末から年始にかけてのニューイヤーイベントが始まるまでの間に、浄化を完了してほしいとのことでして」

「つまりそれは、十二月二十六日から……」

「はい、クリスマスの後片づけで、二十五日の閉園後は翌朝まで園内に人がいます。年末のイベントは三十日から始まりますので、準備で二十九日の閉園後は夜通し従業員が作業を行います。ですから、実質、二十九日の夜明けまでに作業を終了することが要求されています」

敏生は、指を折って数え、目を丸くした。

「日中は営業してるから、仕事はできないんですよね？　じゃあ、二十六日の夜、二十七日の夜、二十八日の夜……で、園内を全部？」

「そういうことになりますね」

森は、軽く嘆息し、腕組みした。

「前回もそうだったな。毎晩一エリアずつ浄化して、三日間ですべてを終了させた。同じ手順でいいわけか、早川」

早川は頷《うなず》き、森の手からパンフレットを受け取ってテーブルの上に広げた。パンフレットはたちまち、一枚の大きな園内地図へと変化する。可愛《かわい》らしいマンガ風に描《か》かれたその地図を指で示しながら、早川は説明した。

「タイムスリップパークは入り口から延びるアーケードを通り抜けますと、三つのエリアに分かれています。恐竜時代をテーマにしたエンシェント・ゾーン、未来の宇宙世紀をテーマにしたフューチャー・ゾーン、そして古き良きヨーロッパをテーマにしたパストデイズ・ゾーンでございますね」

「わー、楽しそう。その三つのエリアに、アトラクションがいっぱいあるんですね」

期待を抑えきれない敏生の弾んだ声に、森は眉間《みけん》に浅い縦皺《たてじわ》を刻み、龍村はニヤニヤし、早川は素知らぬ風で頷いた。

「そうでございますねえ。わたしも娘と家内を連れて何度か参りましたが、子供ばかりでなく、大人も童心に返って楽しめる素晴らしい施設でございましたよ」

「へえ……。僕も行ってみたいんですけど、天本さんってば、何度誘っても面倒臭いとか忙しいとか言って、つきあってくれないんですよね」

「人の多いところは苦手なんだ。……だいたい今は、仕事の話をしているんだぞ」

不満げにそんなことを言う敏生を、森は横目で睨《にら》む。敏生は恨めしそうな上目遣いで、それでもおとなしく口を噤《つぐ》んだ。

「それで、如何《いかが》でございましょう。河合様もこう仰《おっしゃ》っておられることですし、今年は天本様と琴平様にお願いできませんでしょうか」

「頼むわ、テンちゃん。師匠に楽さしたって」

早川と河合の言葉に、森はしばらくムスッとした顔で黙りこくった。おそらく、今年こそは正月の準備を念入りに……と思っていたのだろう。日帰りできる距離とはいえ、明後日《あさって》からの三日間を霊障《れいしょう》解決の仕事に費やすなど、森にとってはまったく歓迎すべからざる事態だったのだ。

森が乗り気でないのを見て取った早川は、だめ押しの一手を持ち出した。

「あれからかなりの月日が経《た》っておりますので、いくつかアトラクションが増えておりま す。ですから日中は、下見も兼ねて園内をお歩きになっては如何でしょうか。無論、三日間有効のパスポートをご用意させていただきます」

敏生がウサギなら、その瞬間、ピョンと耳が立ったことだろう。それくらいあからさまに喜びを表す敏生に、早川はさらにこう付け加えた。

「それから、わざわざご自宅までお帰りになるのも大変でしょうから、パーク直営ホテルのファミリールームをご用意いたしました。四人まで宿泊できますので、監督役として河合様と、それからもしお時間のご都合がつくようでしたら、龍村様も是非ご一緒に。龍村様にも、懐《なつ》かしい場所でしょうし」

「ホテル！　そこって、部屋の中にあるもの全部に、タイムスリップパークのマスコットキャラの絵が入ってるってとこじゃないですか？」

「そうらしいですね。わたしは残念ながら宿泊したことはないのですが」

「わー。なかなか予約が取れないホテルらしいですよ」

「……だから？」

敏生にあからさまな期待の眼差《まなざ》しを向けられ、森はうんざりした様子で問い返した。敏生は、えへへと舌先を出してみせる。

森は、深い溜《た》め息《いき》をついてから、物憂《ものう》げに言った。

「仕方ない。断れる話でもなさそうだ。引き受けよう」

「ありがとうございます。助かります」

早川は恭《うやうや》しく頭を下げ、敏生は目を輝かせた。

「やったあ！」

　河合も、ニコニコして何度も頷《うなず》く。

「いやあ、持つべきもんは優秀な弟子やなあ。ほな、今回はオレ、お目付け役として参加さしてもらうわ。ま、手伝いがいるときは働くしな、テンちゃん」

「いえ、ああいう大規模な施設を丸ごと浄化する機会は滅多《めった》にありませんから、敏生にも俺にもいい経験になります。……それに俺の助手は、昼間の下見に非常に熱心に取り組む所存のようですし」

「天本さんってば」

　恥ずかしそうに口を尖《とが》らせる敏生だが、嬉《うれ》しそうな様子は隠しようがない。森は、龍村に視線を向けた。

「あんたはどうする、龍村さん」

「そうだな。さすがに三日間ずっとつきあえるほど、幸い暇ではない立場でね。だが、式《しき》神《がみ》君が送り迎えしてくれるなら、適当に合流できると思う」

「わあ、じゃあ、昼間一緒に遊……ええと、下見、できるかもしれませんよね」

「ああ、そうだな。タイムスリップパークは修学旅行以来だ。楽しみだな」

「まったく。物見遊山《ものみゆさん》に行くんじゃないんだぞ、二人とも。……で、仕事の手順は？」

　早川は、アタッシュケースから大きな封筒を取り出し、森の前に置いた。

「とりあえず、明後日《あさって》二十六日に、ホテルのほうにチェックインなさってください。パークは毎晩九時に閉園いたします。午後十一時には、すべての従業員が園を去りますので、その後、仕事に取りかかっていただきます。わたしは深夜零時にエントランス前でお待ちしております」

「了解した」

「オレは気が向いたときに交ざるし、あんまし気にせんでええで。ほな、話まとまったし、オレはそろそろ去《い》なしてもらうわ。いつもの姉ちゃんはおらんけど、お店のお姉ちゃんたちに、クリスマスの挨拶《あいさつ》しに行かなアカンしな」

そんないかにもな台詞《せりふ》を吐いて、河合は立ち上がった。蚊トンボのような細い身体《からだ》をうーんと伸ばして深呼吸し、森のほうに顔を向ける。

「おおきにな、テンちゃん。ほな、明後日また会おや。琴平君と、龍村君も」

「それでは、わたしもこれで。思いがけずご馳走《ちそう》になり、ありがとうございました」

早川も立ち上がり、一同に深々と頭を下げた。森と敏生と龍村は、客人を玄関まで見送る。

「うわー、今日は凄《すご》く寒いですね、龍村先生」

「ああ。ま、残念ながら、ホワイトクリスマスは期待できないらしいがな」

「ちぇっ。雪が降ったら、うちの庭、凄く綺麗《きれい》なんですよ」

「だろうな。見てみたいもんだ」

森は玄関までだったが、龍村と敏生は、早川と河合の姿が通りを曲がって見えなくなるまで見届けてから、家に入った。

森は、さっそく台所で後片づけに取りかかっている。

「天本さん、僕こっち片づけますね」

「ああ、頼む。くれぐれも、皿を割るなよ」

「わかってますよう」

敏生は居間のコーヒーカップや小皿を大きな盆に集め、台所に運んだ。

「では、僕は……」

「あんたは、先に風呂《ふろ》を使え。一応客なんだ、後片づけなんかしなくていい」

「そうか？　じゃ、お言葉に甘えるとするか。風呂も、もたもたしていると後がつかえそうだからな」

森に手伝いを却下された龍村は、短く刈り込んだ頭をバリバリ掻《か》きながら、二階へ上がっていった。台所では、大鍋《おおなべ》が火にかけられている。その中を覗《のぞ》き込《こ》んで、敏生は嬉《うれ》しそうにニッコリした。

「あ、お湯沸かしてる。明日の朝ご飯ですね？」

森は、調理台でタマネギを刻みながら、まだ大皿に載ったままのローストチキンの残骸《ざんがい》を見遣《みや》って言った。

「ああ。残念ながらサンドイッチにするほどは肉が余らなかったが、それでもスープの楽しみは残っているようだ。身をむしって、残りを鍋《なべ》に入れてくれるかい？」

「わかりました」

敏生はトレーナーの袖《そで》をまくり上げると、さっそく作業に取りかかった。五人の男プラス式神《しきがみ》が大いに食べた後でも、チキンの骨には、まだ肉がこびりついている。それを手で丁寧にこそげていくと、かなりの量の細切《こまぎ》れの肉片が取れるのだ。

いつもの大雑把《おおざっぱ》さはどこへやら、敏生は熱心かつ丁寧にその作業に励んだ。そして、とうとう本当に骨だけになったチキンを、大鍋《おおなべ》に入れた。まるで沈没船のように、チキンの骨格はブクブクと煮立った湯の中へ沈んでいく。森はそこにブーケ・ガルニを入れた。今日の料理に使った屑《くず》野菜やハーブの残りを、小さな布袋に詰め込み、糸で口を結んだものだ。

何も言われなくても、毎年このスープを楽しみにしている敏生は、鍋のあくを丁寧にすくい、火力を調節して、常にくつくつと静かに煮えているようにする。森はそれをちらちらと見ながら、ジャガイモと人参《にんじん》を大きめに切ったものをたっぷり用意した。それから二人で食器を洗い、拭《ふ》いて積み上げる。

「む、いい匂《にお》いだな。まだ料理続行中か？」

風呂上《ふろあ》がりで上半身裸のままの龍村は、鼻をうごめかせながら台所に入ってきた。冷蔵庫を開け、ミネラルウォーターのボトルを取り出す。敏生は、せっせと皿を戸棚に収納しながら答えた。

「あのね、すっごく美味《おい》しいスープができるんですよう。明日の朝ご飯に!」

「ほう。そりゃ楽しみだ」

「そろそろいいだろう。火傷《やけど》をするといけないからどいていろ、龍村さん」

森は鍋《なべ》をいったん流しに置くと、もはや崩壊寸前の鶏《とり》の骨と布袋を取り出した。鍋の中にあるのは、黄金色の澄んだスープである。森はそこにタマネギとジャガイモと人参《にんじん》を放《ほう》り込《こ》み、再び火にかけた。スープキューブを二個ほど入れて味を足してから、今度は弱火でことことと煮込む。

野菜が煮えた頃を見計らい、森は塩とコショウでスープに味を付けた。最後にボキボキと短く折ったスパゲティを放り込んで火を止め、蓋《ふた》をする。こうしておけば、明日の朝にはスパゲティが軟らかくなり、パスタ入りのチキンスープが出来上がっているのだ。

「わ、美味しそう」

龍村に続いて、烏《からす》の行水で風呂から上がってきた敏生は、鍋の蓋をそっと持ち上げ、中を覗《のぞ》き込《こ》んだ。そのバスタオルを被《かぶ》ったままの濡《ぬ》れた頭をポンと叩《たた》いて、森は食欲旺盛《おうせい》な同居人に釘《くぎ》を刺した。

「明日の朝まで我慢しろよ。起きてみたら鍋《なべ》が空っぽだったなんてことは御免だからな」

「そ、そんなこと……しないですよう、たぶん」

敏生は顔を赤くして、慌てて鍋の蓋《ふた》を閉めた。そして、残念そうに呟《つぶや》いた。

「みんな揃《そろ》って嬉《うれ》しかったけど、サンドイッチの分のチキンが残らなかったのは残念でしたね。楽しみにしてたのになあ」

「そんなにがっかりすることはないさ。少し味付けを変えて、正月にまた焼けばいい。そうすれば、お望みのサンドイッチをたっぷり作ることができる。おせち以外のご馳走《ちそう》のほうが、君は好きだろう」

「ホントですか？　うわあ、楽しみ。……あれ、そういえば、龍村先生は？」

敏生はキョロキョロとあたりを見渡した。自分が風呂《ふろ》に行く前、龍村は台所をウロウロしていたのだが、今はその巨体が台所にも食堂にも居間にも見えない。

森は、調理台を布巾《ふきん》で拭《ふ》きながらあっさりと言った。

「ああ、意地汚く飲み過ぎたんだろう。とっとと寝に行った」

「そっか……。あ、ねえ天本さん、もう片づけ終わりました？」

「ああ。どうした？」

敏生は客間のほうをちらりと見てから、少し声を潜めて言った。

「じゃあ、ちょっとだけこっちに来てください」

「お、おい敏生……」

敏生は、森の手首を摑《つか》むと、そのまま居間へと向かった。戸惑う森をソファーに座らせ、自分もその隣に腰を下ろす。暖炉にはまだごく小さな火が燃えており、室内は十分に暖かかった。

手首を敏生に預けたまま、森は薄い唇に困ったような微笑を浮かべ、敏生を見た。

「どうした？」

「あのね、今年は二人だけのクリスマスイブかなって思ってたから……」

「ああ。そうだな。それがあれよあれよという間に大所帯になって、俺も驚いたよ」

敏生はクスッと笑い、ソファーの下に手を入れた。ゴソゴソ手探りしながら、話を続ける。

「それは楽しくてよかったんですけど、ほら、僕、クリスマスプレゼントを天本さんにしか用意してなかったんです。えと、どこだ……あった！」

敏生は小さな紙包みを出して、両手で森に差し出した。森は少し驚いたように目を見張る。

「これを、俺に？」

「はいっ。一生懸命選んだんですけど、気に入ってもらえるかどうか……」

「君が選んでくれたものなら、何でも嬉《うれ》しいよ」

「天本さんはきっとそう言うと思ったから、余計頑張って探したんです！」

「……なるほど」

森は笑いながら、群青色《ぐんじょういろ》の綺麗《きれい》な包み紙を丁寧に解いてみた。中からは、平たい紙箱が現れる。蓋《ふた》を開けてみると、それはマフラーだった。触れただけでカシミアとわかるふんわりと柔らかいそれは、深いワイン色をしていた。

「天本さん、いつも黒とかグレイとかのマフラーしかしないし、しょっちゅう調伏《ちょうぶく》のときに駄目にしちゃうでしょう。こういう色はどうかなって……」

敏生はそう言いながらマフラーを箱から取り出し、森の首にふわりと回した。

「ほら、似合う」

「そうかい？」

「ええ。天本さん、こういう暖かい色も似合いますよ。よかった、想像したとおりの雰囲気で」

「……ありがとう、嬉《うれ》しいよ」

森はそう言って、敏生を軽く抱き寄せ、その額に口づけた。柔らかい髪を撫《な》でながら、低い声で囁《ささや》く。

「暖かいマフラーだ。……馬鹿馬鹿しいたとえだと思うかもしれないが……その、君の腕のようにね」

「え？」

敏生は首を傾《かし》げて森を見る。森は照れ臭そうに目を細め、こう続けた。

「このソファーで俺が本を読んでいると、君がよく後ろから俺の首に腕を回して、ページを覗《のぞ》き込《こ》むだろう。そのときの……君の体温を思い出させる」

「天本さん……」

敏生の丸い頬《ほお》にゆっくりと笑みが広がり、唇の脇《わき》に小さなえくぼが刻まれる。敏生は、自分から森の唇に羽根が触れたような小さなキスを贈ってから、クスリと笑った。

「じゃあ、天本さんひとりのときでも、このマフラーをしてると、僕を背中におんぶしてるみたいな気分になるかもしれませんね」

「そうかもしれないな。今度試してみよう」

森は柔らかく微笑《ほほえ》むと、こう言った。

「ここで俺も君にお返しのプレゼントをしたいところだが、今年はつい、サンタクロースを気取ってしまったんだ」

「え？」

「龍村さんが押しかけてきたときに、君に直接渡すチャンスがなさそうだと思ったものだから、君のベッドの……枕《まくら》の上に置いておいた」

「ホントですか？　わあ、さっき部屋に戻ったとき、気がつかなかった」

敏生は慌てて腰を浮かせようとしたが、それを森は制止し、そして悪戯《いたずら》っぽい表情でこう言った。

「おやすみを言ってから、君に見つけてもらうつもりだったんだ。だから、プレゼントを見ても、戻ってこなくていい。感想は明日の朝聞かせてくれ」

「お楽しみを取っておくんですね」

「ああ。明日の朝、進んで朝食の支度をしたい気分になるようにね」

「あはは。わかりました。……じゃあ、僕、もう寝ます。明日は荷造りもしなきゃだし、早くプレゼント見たいし」

「そうしろ。危険度は低い仕事だが、規模が大きい。体調を整えておけ」

素直な言葉に、森も笑顔で頷《うなず》いた。

「はい。じゃあ、えっと……メリー・クリスマス。おやすみなさい、天本さん」

「メリー・クリスマス。おやすみ、敏生」

もう一度キスを交わしてから、敏生はパタパタと元気よく居間を出ていった。階段を駆け上がる足音が遠ざかっていく。きっと、森のプレゼントを早く見たい気持ちを抑えきれないのだろう。

「……メリー・クリスマス、か。大騒ぎだったな」

森はすっかりささやかになってしまった暖炉の火を見ながら、ふっと笑った。大きく伸びをして、そのままごろりとソファーに横になる。長い足を肘掛《ひじか》けにのせると、ずっと立ち通しだった足が、じんと痺《しび》れるような感覚があった。朝から買い物と料理で休む暇がなかったために、心地よい疲労が全身を包んでいる。

ふと森は、首にかけたままのマフラーを頰《ほお》に押しつけてみた。柔らかなその感触は、敏生の腕だけではなく、フワフワの髪をも連想させた。

「……やれやれ。今年最後の『仕事』の仕儀はどうなることやら」

少し眠そうな森の目に映っているのは、敏生と小一郎が賑《にぎ》やかに飾り付けた大きなクリスマスツリーの、色とりどりの電飾だった……。

第一話　十二月二十六日の追憶

1

　二日後の十二月二十六日の午後、森《しん》と敏生《としき》は揃《そろ》って「タイムスリップパーク・ホテル」に到着した。二人……といっても、当然のことながら、敏生のジーンズの腰には式神《しきがみ》小一郎《こいちろう》が宿った小さな羊人形がぶら下がっている。

　龍村《たつむら》は、クリスマスの早朝に帰宅した。年末は何かと世間も騒がしく、監察医務室もそうそう暇にはしていられないのだ。それでも懐《なつ》かしい遊園地には未練があるらしく、「時間が空いたら連絡する。式神君を寄越してくれよ」と言い残し、名残惜《なごりお》しそうに去っていった。おそらく、何とか時間を作って、少しでも……少なくとも「下見」には参加するつもりなのだろう。

　森がチェックインの手続きをしている間、敏生はソファーに座り、荷物番をしていた。

パーク公式ホテルだけあって、ホテルの中に一歩踏み込むと、そこここにパークのマスコットキャラクターである色とりどりのコミカルな恐竜たちの大きなフィギュアやイラストが飾られている。

よく見れば細かいところまでキャラクターが活《い》かされており、ソファーやカーテン、それにスタッフの制服にまで、小さな恐竜の絵柄がちりばめられた布地が用いられている。太古のジャングルを思わせる南国の植物がそこここに植えられ、高い天井を見上げれば、羽を広げた翼竜の形をしたシャンデリアが下がっていた。

敏生はすっかり感心して、キョロキョロとあたりを見回した。いやがおうにも遊びたい気持ちが盛り上がってくるが、これは仕事なのだと自分に言い聞かせ、自分の頬《ほお》を片手でぺちりと叩《たた》く。

「駄目駄目。遊ぶんじゃなくて、勉強と調査をしなきゃね」

やがて森が、部屋のキーを手に、敏生のところへ戻ってきた。見れば、キーと一緒に、白い紙片を持っている。森が苦笑いを浮かべているのを見て、敏生は首を傾《かし》げた。

「どうしたんですか？　手続き上手《うま》くいかなかったんですか？」

「いや。河合《かわい》さんが先にチェックインしていたようだ。こんなメッセージを受け取ったよ」

森は紙片を開いて、敏生に差し出した。フロントの職員が、河合の言葉を書き留めたものらしい。読みにくいボールペンの走り書きを、敏生は首を捻《ひね》りつつ読み上げた。

「ええと、なになに……『先に下見に行くわ。お姉ちゃんとデートやから、邪魔せんといてな。そっちはそっちで仲良うやりや。夜にまた　河合』……あははは！　さすが河合さんだ」

敏生は屈託なく笑ったが、森は呆《あき》れ顔《がお》で腕組みし、首を振った。

「まったく、こういうことには熱心というか抜け目ないというか……。まあいい、とにかく部屋に荷物を置いて一休みしたら、俺たちも今夜に備えて下見に行こうか」

「やったあ！　……あ、いけない。仕事だってば」

ついさっき自分を戒めたばかりだというのに、敏生はつい、弾んだ声でピョンと立ち上がってしまった。口を押さえて気まずげな敏生に、森は微笑して言った。

「遊園地に行って、二人して顰《しか》めっ面《つら》していても奇妙だろう。あくまで仕事中であることを忘れない程度に楽しめばいいさ」

「はいっ」

敏生は遠足に行く子供のような笑顔で頷《うなず》いた。

ホテルの客室には、ファミリー・ルームと早川《はやかわ》が言っていたとおり、ベッドルームが二つあった。スイートというほど豪奢《ごうしゃ》ではないが、広いリビングルームを真ん中にして、両側にツインの寝室があるので、広さはかなりのものだ。

リビングのソファーにバッグを置くと、敏生はさっそく三つの部屋を覗《のぞ》いてみた。

リビングには、フロントに置かれていたのと同じ恐竜柄のソファーセットが中央にどんと据えられ、そのどこからも快適に見られる位置に、大きなテレビがあった。

二つのベッドルームは、広さこそ同じだが、内装がずいぶん違っていた。入り口から向かって左側の部屋は比較的シックな色合いにまとめられており、キャラクターの絵も、カーテンやシーツにさりげなくシルエットがあしらわれている程度である。

だが、右側の部屋は、壁紙にもインテリアにも、すべてにカラフルな恐竜が大きく描かれ、入っただけで心が浮き立つような賑《にぎ》やかさだった。ファミリー・ルームと銘打つだけあって、左側が両親用、右側が子供たち用のしつらえなのだろう。

敏生に続いて「子供部屋」に入ってきた森は、室内を見回して顔を顰《しか》めた。

「こっちはまるでおもちゃ箱だな。騒々しい部屋だ」

一方の敏生は、さっそく家具を眺め、部屋についているバスルームまで覗いてから、唇を尖《とが》らせた。

「えー？　楽しいじゃないですか。外国映画に出てくる、お金持ちの家の子供部屋みたいで。ほら、見てください。洗面所の蛇口まで恐竜になってますよ」

「どうやら、君はこっちのベッドルームがいたくお気に召したようだな。まあ、君が最年少だ。子供部屋に陣取る権利はあるさ」

敏生はニコニコ顔で頷《うなず》く。

「凄《すご》く気に入りました。こんな部屋で寝るの、子供の頃から憧《あこが》れだったんですよ。あ、でも天本《あまもと》さんは？　こっちで寝るんじゃないんですか？　……そりゃ、天本さんは好きじゃなさそうな感じの部屋ですけど」

森は肩を竦《すく》め、少し声のトーンを落として言った。

「どっちの部屋でも俺は構わない。少なくとも今夜は、君につきあってこっちで眠るさ。だが、河合さんと龍村さんの両方がここに泊まることになれば、俺が移動しないとな」

「……あ。そっか。龍村先生、やっぱりまだ河合さんのこと……」

敏生は優しい眉《まゆ》を曇らせる。森は、敏生の肩をポンと叩《たた》いて言った。

「君がそんな顔をすることはないよ。龍村さんだって、河合さんのことを憎んでいるわけじゃない。ただ……いや、すべては俺のせいでこじれた話なんだ。いつか機会を見て、龍村さんときちんと話をするつもりだから、君は心配しなくていい」

「わかってます。僕にできることはないんですよね。でも、僕は二人とも大好きだから、仲良くなってくれたらいいなと思って」

「そうだな。……いつか」

森はそう言って目を伏せた。

「大丈夫ですよ。二人ともとってもいい人たちなんだし、いつかはきっと……ね？」

　敏生は、そんな森の気持ちを引き立たせようとするかのように、窓際《まどぎわ》に歩み寄り、カーテンを開けた。道路を隔てたすぐ目の前に、東京タイムスリップパークがある。エントランスまで、歩いて五分ほどしかかからないだろう。天気が快晴であることもあり、日の光を浴びて、パークは楽しげな雰囲気に包まれている。ガラス越しに、園内に流れる賑《にぎ》やかな音楽が、微《かす》かに聞こえてきた。

「天本さん、ほら、パークが丸ごと見えますよ」

　ことさら明るい声で呼ぶ敏生に内心感謝しつつ、森も敏生の傍《かたわ》らに歩み寄った。その口から、ほう、と小さな感嘆の声が漏れる。

　眼下に広がるパークは、まさしく都会の中の小さな異世界だった。岩石を模した高い塀に囲まれた園内には、所狭しとアトラクションが並んでいる。パークの中央部、いちばん奥まったところに、パークのシンボルである岩山がそびえていた。無論、本物の山にくらべればミニチュアにすぎないのだが、人工のセットとしては相当に大きな代物である。

　ホテルの部屋が十五階にあるので、パークに出入りする観客たちは、みな蟻《あり》のように小さく見えた。今から自分たちもその仲間入りをするのだと思うと、それが森には妙に滑稽《こっけい》に思える。

　敏生がジャンパーを脱ぐそぶりもなくじっと自分の顔色を窺《うかが》っているのに気付いた森は、胸の内で嘆息してこう言った。

「もう行くかい？　コーヒーでも飲んで一服してから……と思ったが、君のその顔を見ていたら、おちおち休んでもいられなさそうだ」

敏生の答えは言葉にするまでもなく、チロリと出した舌先で十分だった。

そこで二人は、部屋に荷物を置いたその足で、パークへと向かった。開場時には、平日でもエントランスに長い行列ができるらしいが、午後から入場する客はさすがに疎《まば》らだ。ほとんどの客は朝一番に入場し、閉園するまでたっぷり一日をパーク内で過ごすのだろう。

早川から渡された三日間有効のパスポートをエントランスの係員に渡すと、それを首から提げられるようにと、これまた恐竜のイラストつきの赤いホルダーに入れて返してくれる。どうやらパーク内のアトラクションに入るには、このパスポートの提示が必要になるらしい。

「十年前は、こんな不格好なものを提げて歩けなんて無茶は言われなかったぞ」

森は憮然《ぶぜん》として悪態をついた。確かに、ダークグレイのジーンズに灰色のタートルネックセーター、それに黒いロングコートというシックな服装に、赤いポップなホルダーは、いかにも不似合いだった。

「もう、天本さんってば。十年経《た》ったら、システムだって少しは変わりますよ。それに、みんな同じことしてるんだから、かっこ悪くないですって」

そう言いながらも、敏生は込み上げる笑いを我慢できないでいる。森は仏頂面《ぶっちょうづら》で、大きな噴水のあるエントランス前の広場に向かって大股《おおまた》に歩き出した。

「天本さん！　ああもう、ここに来て顰《しか》めっ面《つら》じゃおかしいって言ったのは天本さんでしょう。こんなことでへこまないでくださいよう」

早くも前途多難の予感をひしひしと抱《いだ》きつつ、敏生は慌ててそんな森の後を追いかけたのだった。

しかし、さすがにプロの術者の自覚があるのか、アーケードに入るとすぐ、森は歩くスピードを緩めた。

入場客が最初に通る施設が、まっすぐ延びた幅の広いアーケードである。天井が硝子張《ガラスば》りでふんだんに日光が入り、あちこちに取り付けられたスピーカーからは、パークのテーマミュージックが気持ちのいいボリュームで流れてくる。

石畳の両側には、キャラクターグッズの売店や記念撮影ができるスタジオ、それに様々なタイプのレストランなどが並んでいて、店はどこもそこそこの賑《にぎ》わいだった。

「へえ。入ってすぐお土産売ってるんだ」

敏生は感心したように、通りの両側を眺めた。

「行きも帰りも必ずここを通るんだ。最初に情報をインプットしておいて、帰りに忘れず土産を買い求めろと言っているんだろうさ」

　森は皮肉っぽい口調でそう言うと、遥《はる》か頭上のアーチ型の硝子《ガラス》天井に目をやった。

「ここも浄化の対象だ。感じるか？」

　敏生はハッと顔を引き締めた。開放的なアーケード全体に、意識をフワリと拡散させてみる。


（……あ……）

　昼の明るい光にカムフラージュされて油断すると見落としてしまいそうだが、その中に、わずかな闇《やみ》が……空気の濁りのようなものが感じられる。

　敏生の表情の変化に、森は小さく頷《うなず》いた。

「わかったようだな」

　敏生は戸惑いがちに森に訊《たず》ねた。

「はい。店と店の間のちょっとした暗がりなんかに、雑霊《ざつれい》が澱《よど》んでるのを感じます。……ねえ天本さん。どうしてこんな明るくて楽しい場所に、妖気《ようき》が溜《た》まってしまうんですか？」

「歩きながら話そう。店の中も調べてみなくてはな」

　いくつかの売店をチェックして回りながら、森は敏生に説明してやった。

「雑霊たちの……ああした下等妖魔たちの目当ては、何だと思う？」

敏生はしばらく考えて答える。

「棲《す》み心地《ごこち》のいい場所……それから、餌《えさ》？」

「そうだ。このパークの中は、作り物の世界……本来は酷《ひど》く無機質な空間なんだ。美しく飾り立てられ、照明に隠されて、営業時間内は誰もそんなことは感じないだろうがな。しかし閉園後のことを考えてみろ」

「……そっか……。大きな建物や乗り物が、全部真っ暗で、無人になっちゃうんだ」

「妖《あや》しにとって、これ以上の快適な住まいはないだろう。広大なスペースが闇《やみ》に覆われるんだからな。おまけに日中は、ここでただ待っていれば、格好の餌が自分から出向いてきてくれる」

敏生は何とも言えない表情で周囲の人々を見た。楽しげな家族連れやカップル、それに友達グループらしき集団……どの顔も、生気に満《み》ち溢《あふ》れている。

「それって、人間のことですよね。妖魔《ようま》の餌は人間の『気』で、ここには昼間、ひっきりなしにお客さんが来て……。雑霊《ざつれい》たちは物陰に潜んでいて、そういうお客さんたちの『気』を吸い取ってるんですね？」

「ああ。妖魔は、特に子供の純粋な『気』を好む。だから子供の匂《にお》いに誘われて、雑霊たちがどんどんこの場所に集まってくるんだ。ここはまだ明るいからいいが、照明の暗い屋内アトラクションには、もっと多くの雑霊が潜んでいるはずだ」

「うえ……じゃあ今、ここにいる人たち……子供たちは、何も知らずに遊びに来て、隠れてる妖魔《ようま》たちに『気』を喰《く》われてしまうんですね？」

「そういうことになる。一般人には、身体《からだ》の疲労と『気』を喰われることによる消耗の区別などつかない。そもそも、こうした場所に来て一日遊べば、疲れて当然だと思うだろう？　だから誰も、それが霊障《れいしょう》によるものだなんて考えないんだ」

「うえ……じゃあ、天本さんに雑霊よけの方法を教えてもらう前の僕も……」

「吸い取られ放題だっただろうな」

森の右手が、コートのポケットから出て小さく動いた。常人には聞こえない、じゅっという嫌な音が、敏生の耳には微《かす》かに聞こえる。うかうかと近づいてきた雑霊を、森が無造作に祓《はら》ったのだ。

「放置しておけば、雑霊の数はどんどん増える。時の流れと共に雑霊たちは溶け崩れ融合し、どろどろした瘴気《しょうき》の澱《よど》みを形成する。……この華やかなパークの物陰すべてに、そんな澱みが存在すると思ってみろ。ゾッとするだろう」

「でも天本さんたち、前の浄化のときに、雑霊よけのお札を貼《は》っていったんじゃないんですか？」

「馬鹿。札の力は、そこまで持続するものじゃない。せいぜい、二、三年が限度だよ。でないと、術者の商売上がったりだろう」

「うう、そうか。……それにしても、嫌だなあ。瘴気《しょうき》が溜《た》まるなんて」

　敏生は両手で自分の腕をさすりながら、小さく身震いした。そう言われると、いったん鋭敏になった神経に絶えず感じる微《かす》かな妖気《ようき》と相まって、せっかくの楽しいパークの光景に、暗いフィルターが一枚かかったような重い気分になってくる。

　言葉より正直な敏生の表情を見て、森は苦笑した。

「そんな顔をするな。そうならないよう、霊障《れいしょう》が小さな幽霊騒ぎ程度のうちに、俺たちが浄化を行うんだ。人々が夢の世界で楽しく過ごせるように、娯楽の代償に、知らぬ間に妖魔の餌食《えじき》にならずにすむようにな」

「そう、そうですよね！　頑張らなくちゃ。責任重大だ」

　敏生は途端に元気を取り戻す。その気持ちの切り替えの早さといつも前向きなところが、彼の身上なのだ。

　敏生はジャンパーのポケットから、エントランスで貰《もら》った園内マップを取り出し、ガサガサと広げた。アーケードの終わりは大きく張り出した半円形のバルコニーになっており、そこから三方向に緩い階段が延びているのが見えた。

　三本の白い階段は、それぞれ三つのゾーンに続いている。右側から順に、エンシェント・ゾーン、フューチャー・ゾーン、そしてパストデイズ・ゾーンである。

　バルコニーに立って見渡すと、それぞれのゾーンの特色の違いがよくわかる。恐竜時代をテーマにしたエンシェント・ゾーンには、椰子《やし》の木《き》を始め熱帯地方の植物が多く植えられ、建物の外見も、岩肌を模していたり、洞窟《どうくつ》風であったり、自然風景を意識したものが多い。ボート遊びができる人工池も、このゾーンにある。

それとは対照的に、未来の宇宙世紀をテーマにしたフューチャー・ゾーンには、樹木がほとんどなく、メタリックな輝きを放つ建物が目立つ。ジェットコースターなどのいわゆる「エキサイティングな」乗り物のほとんどは、このゾーンにあるらしい。

そしていちばん左側の、古き良きヨーロッパをイメージしたパストデイズ・ゾーンには、十九世紀のロンドンの町並みを再現した一角があることもあり、白い塗り壁やスレート屋根、それに黒い梁《はり》といった温《ぬく》もりを感じる建物が並んでいる。

「さて、どこから取りかかるかな」

バルコニーに立ち、森は質問とも独り言ともつかない言葉を呟《つぶや》いた。敏生はしばらく考えてから、森に訊《たず》ねた。

「ここは祓《はら》いやすいとかここは祓いにくいとか、そういうことってあるんですか？」

「確かに、妖魔《ようま》の溜《た》まりやすい場所が多ければ、浄化に手間取る傾向があるだろうが、それは実際に見てみないとわからないな。そのための下見だし、どのみち全部片づけなくてはならないんだ。だから、どこからでも、君の好きなところから始めよう」

「そ、そんな適当でいいんですか？」

森は、首から提げた間抜けなパスポートホルダーを鬱陶《うっとう》しそうに片手で弄《いじ》りながら、投げやりに言った。

「構わない。河合さんが俺たちに任せると言った以上、好きなようにやるさ。ただ、今回は時間的制約がある。一晩で一ゾーンを確実に浄化し、護符を施して、しばらくは新たな雑霊《ざつれい》が寄りつかないように処置をしなくてはならない。下見はとても重要だよ」

「なるほど……。よかった。じゃあ、右から……エンシェント・ゾーンにしませんか？」

敏生は、どこかホッとしたようにそんなことを言う。奇妙な言葉に、森は軽く眉根《まゆね》を寄せて問い返した。

「何が『よかった』なんだ？」

「あ、いや、あのっ。よ、よかったなんて言いましたっけ、僕」

「今言ったじゃないか」

「そうでしたっけ？　あはは、変ですよねえ。ええと、あの、右からでも真ん中からでもいいんですけど、とにかく……」

「左から始めると、何か不都合でも？」

「え……あ、う」

追及されて、敏生はあからさまに慌てた様子だった。マップで顔の下半分を隠すようにして、敏生は早口に言った。

「不都合なんて、あるわけないじゃないですか！　下見、ゾーンの中をぐるっと回らないと駄目なんでしょう？　ほ、ほらっ、決めたら早く取りかかりましょう。右から！　エンシェント・ゾーンからに決定！　僕に決めていいって言ったでしょう。武士に二言はないはずですよっ」

「俺は武士じゃな……あ、おい、敏生。何してるんだ君」

「いいから、はいはい行きますよ！」

敏生の突然の慌てぶりが腑《ふ》に落ちない様子で、森は首を傾《かし》げる。逃げるようにそんな森の背後に回った敏生は、森の背中を両手でぐいぐいと押して、右側の階段へと向かった。何か怪しいと思いつつも、それ以上追及しても無駄と悟った森は、仕方なく導かれるままにエンシェント・ゾーンへ向かったのだった……。

十年一日というが、こうした遊園地においては、それが一般社会よりさらに顕著なのかもしれない。

敏生と共にゾーンの中をくまなく歩き回り、ゾーン中央にそびえ立つ巨大なアトラクション、「ティラノ・パビリオン」の前に立ったとき、森は軽い眩暈《めまい》さえ覚えた。

(本当に……記憶の中にある風景と、まったく同じだな。それだけ、印象が強烈だったということか)

自分から「行ってみたい」と申し出て、龍村と共にこの建物の前に立った高校生の自分。そのとき、生まれて初めて感じた子供のように無邪気な期待と喜びが、今の森の胸にも鮮やかに甦《よみがえ》っていた。

──うおー、でかい建物じゃないか！　この中に恐竜がいるんだよな、天本！

──恐竜はいませんよ。あるのは骨格標本のレプリカと、ロボットでしょう。

──そ、そんなことはわかってるって！　夢のない奴《やつ》だな、ったく。こういうところへ来たら、その気にならなきゃ駄目だぞ。

「うわー、大きいなあ。この中に、恐竜がいるんですよね？」

仕事だと肝に銘じていても、やはりアトラクションを楽しみにしているらしい。敏生は満面の笑顔で建物をほれぼれと眺めた。

「……そうだな」

記憶の中の龍村とまったく同じ台詞《せりふ》を口にする敏生に、森は思わず笑ってしまう。敏生は、あー、とむくれてみせた。

「今、恐竜なんかいるはずないだろ、って顔したでしょう。僕だってわかってますよう、それくらい」

「いや、俺はべつに……」

「嘘《うそ》だ。絶対、骨格標本とロボットしかないぞ、生きた恐竜なんかいないぞって思ってたでしょう」

「…………まさか」

記憶がグルグル回って一周してきたような奇妙な感覚に襲われた森は、可笑《おか》しいやら不思議やらでどう反応していいかわからなくなる。結局、素っ気ない一言で誤魔化《ごまか》して、建物の入り口へと歩き出した。

それ一つだけで博物館くらいの大きさがある、パーク内でも随一の大きさのパビリオンの入り口は、まるで本物の洞窟《どうくつ》のような造りになっている。わざと大人の身長ギリギリに造られた狭い入り口は、暗いトンネルを経て、明るく広大な空間……太古の恐竜世界へと続いている。入場客に、まさしくタイムスリップの疑似体験をさせることが狙《ねら》いなのだろう。

「あ……何か、このトンネルの中は嫌な感じ。けっこう妖気《ようき》を感じますね」

「ああ、そうだな」

小声でそんなことを話しながらトンネルを抜けた瞬間、敏生はただでさえ大きな目をまん丸に見開き、薄く口を開いたまま立ち尽くした。

「う……わあ……」

高い天井からワイヤーで吊《つ》り下《さ》げられた巨大なティラノザウルスの骨格標本が、入場客に向かって短い前足を振りかざしている。それは、恐竜が格好の獲物を見つけ、今まさに襲いかかろうとしているようなポーズである。

広いホールには、他にも様々な恐竜の骨格標本が展示されていた。それもただ骨組みを並べるだけではなく、何かしら姿勢に動きをつけるように組み立ててあるところが、このアトラクションの魅力的なところだった。

翼竜は大空を悠々と滑空し、ブロントザウルスは、草を食《は》もうとしている。骨の寄せ集めでしかないのに、恐竜たちは不思議なくらい生き生きとして見えた。

「大きいなあ。こんなふうに展示されると、この恐竜なんか、草を食べようとした瞬間に骨になっちゃったみたいだよね、小一郎」

敏生は骨格標本の間をゆっくりと歩きながら、誰にも聞こえないくらい小さな声で、ジーンズのベルト通しからぶら下げた羊人形に囁《ささや》きかけた。

——大きいだけで、ただの骨ではないか。それも作り物だ。何をそんなに感心しておるのだ。

「だって、大きさが凄《すご》いじゃないか。あんな生き物、今の世界に生きてなくてよかったよね」

——何を言うておるか。あれほどの生き物がもし今生きておれば、是非とも戦ってみたいものだ。

「もう、そんなこと言って」

——せめてこの骨が本物であれば、主殿《あるじどの》のお力をもってすれば、強力な式神《しきがみ》として使役することができようものをな。

「へえ……そっか、そんなこともできるんだ」

——お前も精進して、早《はよ》う力をつけるがよい。それよりお前……。

小言めいた調子でツケツケ言いながら、小一郎は羊人形のクタクタしたタオル地の前足で、敏生の腿《もも》を叩《たた》く。頭の中に響く寂《さ》びた声にはまったくそぐわない優しい感触に、敏生は笑いながら羊人形の頭を指先でちょんと突いた。

「わかってるって。仕事、だよね」

「何だ、さっそく小一郎の小言か？」

傍《かたわ》らの森に問われ、敏生は笑顔で頷《うなず》いた。

「ええ。怒られちゃいました。このアトラクション凄《すご》く楽しみだったから、ついはしゃいじゃって。でも、このホール凄く天井が高くて広くて、真四角だから、トンネルに澱《よど》んでたような強い妖気《ようき》はないですね。妖魔が潜むスペースがない感じがします」

「そうだな。さて、次のホールへ行ってみようか。君がもっと喜びそうなものがあったはずだ」

「あ、もしかして、恐竜のロボットですか？　凄くリアルに動くんだぞ、目の前で喧嘩《けんか》してるみたいだぞって龍村先生が話してくれました」

「ああ。……あ」

奥のホールへ向かおうとした森は、ふと足を止めた。前方に、見慣れた人影があったからだ。敏生も、森の視線の先を見て、顔をほころばせた。

今まさに骨格標本のホールを出ていこうとしている、茶色のコーデュロイ生地のジャケットを着た男。ヒョロリとした背中と、麦わらのようなボサボサの頭、それから棒のように細くて長い足と、履き古したバスケットシューズ、手に持った白い杖《つえ》とくれば、それが森の師匠の河合であることは疑う余地もない。

「河合さ……むぐっ」

すぐに呼びかけようとした敏生の口を、森は素早く手のひらで塞《ふさ》いだ。

「う？」

「こら。河合さんの伝言を忘れたのか？」

「あ、そっか。そういえば、隣に女の人がいる。……邪魔しないように、少し待ったほうがよさそうですね」

「だな」

二人はトリケラトプスの巨大な骨に隠れるようにして、女性に手を引かれた河合がホールを出ていくまで、じっとその後ろ姿を見送った。

ずっと二人に背中を向けていたので顔は見えなかったが、女性は河合より少し小柄だった。ピンヒールを履きこなし、襟元に控えめなファーをあしらったベージュのロングコートをさらりと纏《まと》っている。弾むような歩き方から、彼女の若さが窺《うかが》えた。

「顔は見えなかったけど、綺麗《きれい》な人っぽかったですね」

「そうかい？　あまりちゃんと見ていなかった」

「んもう。興味ないものは、ホント見てないんだから、天本さんってば」

すぐに後を追いかけると、またニアミスしてしまう可能性があるので、二人は河合の姿が消えてからも、しばらくその場に留《とど》まっていた。

「不思議だなあ。河合さん、目が見えないのに、ちゃんと綺麗な人を見つけるんですね。前に京都《きょうと》で一緒にいた人も、凄《すご》い美人さんでしたよ」

敏生は、いかにも不思議そうに首を傾《かし》げる。森は笑ってこう言った。

「そうだな。昔から会うたびに違う女性を連れていたが、タイプこそ違えど、どの人も美人だったよ。顔を触って確認してから口説くのかもしれないな」

「あはは、やりそうで怖いなあ。……でも、そうじゃないのかもしれませんよ」

「というと？」

「目の見えない人は、他の感覚が研ぎ澄まされるっていうでしょう？　河合さんも、声とか喋《しゃべ》り方《かた》とか雰囲気とかから、相手の人となりっていうか、心が感じ取れちゃうんじゃないかな」

敏生は、真面目《まじめ》な顔でそんなことを言う。森は、こんな場所で急に哲学的なことを言いだした敏生に、軽く目を見張った。

「心が？」

「わかってます。術者だからって、超能力があるわけじゃないってことくらいは。だけど、河合さんならそれくらいできそうだなって何となく……」

その言葉には、森も深く頷《うなず》いた。

「そうだな。河合さんの手からは、いつも強い波動を感じる。あの手なら、相手の心の温度まで、感じ取ることができそうだ」

「でしょう？　それにきっと、心の綺麗《きれい》な人は、自然と美人になるんだと思うんです。ほら、心ってきっと表情にストレートに出るから。心の綺麗な人は、きっと素敵《すてき》な笑顔の人なんだろうな、そういう人をホントの美人って言うんだろうなって、僕は思うんです」

「……なるほど」

そう言って、森はつくづくと敏生の顔を見た。切れ長の鋭い目に穴が空くほど見つめられて、敏生は居心地悪そうに身じろぎする。

「な、何ですか？　僕の顔に何かついてます？」

「いや……」

森は冷たい手のひらで、そっと敏生の温かな頰《ほお》に触れ、口の端《は》に笑みを浮かべた。

「君の笑顔がいつも輝いているのは、君の心が明るく澄んでいるからなんだろうな。……そう思っていただけさ」

「そ、そんな。それだったら天本さんだって……」

「さて、そろそろ行こうか」

自分で自分の台詞《せりふ》に照れたらしい。森は敏生が何か言い返そうとするのを遮って、スタスタと歩き出す。

「もう、自分だけ好きなこと言うんだから！　たまには僕にだって、天本さんをうんと恥ずかしがらせてくださいよう」

そんな文句を言いながらも、仄《ほの》かに赤らんだ頬《ほお》に嬉《うれ》しそうなえくぼを刻んで、敏生は森の後を追いかけた……。


河合がホテルの客室に戻ってきたのは、午後九時過ぎだった。

「おっ、お揃《そろ》いやな。待たしたか」

そう言いながら入ってきた河合は、扉を開けた敏生の手に導かれてソファーに腰を下ろし、まるで目が見えているかのように首を巡らせて言った。

「何や、龍村君はいてへんのんかいな」

「ええ。年末だからというわけでもないでしょうが、仕事が忙しいようですよ。時間が取れたら合流すると言っていました。……お連れの方は？」

　河合のためにお茶を淹《い》れてやりながら森が問うと、河合はへらりと笑って悪びれず答えた。

「ああ、さすがに部屋まで引っ張りこむんはアレやろ。晩飯食うてから帰らした。今日は健全デートコースやねん。二人とも、メシ食うたんか？」

「ええ。パーク内のレストランですませてきました」

「美味《おい》しかったし、楽しかったですよ。ご飯食べてたら、テーブルに恐竜が来てくれるんです」

　横から敏生も弾んだ声で言葉を添える。河合は、向かいのソファーに腰掛けた敏生のほうに、閉じたままの目を向けた。

「恐竜がか？」

「着ぐるみだから、人間サイズですけど。でも動きが凄《すご》く面白くて楽しかったですよ」

「へえ。恐竜っちゅうことはアレやな、今日はエンシェント・ゾーンの下見に行ってたんか」

「ええ。端から順番にやろうってことにしたんです。河合さんも、あそこにいましたよね。『ティラノ・パビリオン』で見ましたよ」

「はは、見られとったんか。声かけんとってくれて、ありがとうな。テンちゃんと琴平《ことひら》君のコンビにかかったら、オレなんかあっちゅう間に女の子に放《ほう》り出《だ》されてまうからなあ」

「そんなこと」

敏生はクスクス笑う。河合は冗談とも本気ともつかないいつものとぼけた笑顔で、ホンマやでー、と情けない声を出した。

「オレみたいな取り柄のなーんもない男は、お姉ちゃん口説くんに苦労するんや。……ま、それはともかく、ほな、今夜はエンシェント・ゾーンを片づけるんやな？　どういうふうにやるつもりや？」

森は居ずまいを正し、口を開いた。

「昼間、敏生と一回りしてきましたが、相変わらずエンシェント・ゾーンは屋外施設や比較的シンプルな設計の建物がほとんどでした。ですから……」

説明を皆まで聞かず、河合はニヤリと笑った。「セサミ・ストリート」に出てくるカーミット・ザ・フロッグにそっくりの笑顔である。

「紙吹雪《かみふぶき》か」

「ええ。オープンスペースが多いということは、奴らが動きやすいということでもあります、三つのゾーンの中で、エンシェント・ゾーンがいちばん広い面積を占めていますから、我々が歩き回って浄化するとなると、相当に時間がかかるでしょう」

「なるほどな。まあ初日やし、いっちょ派手《はで》にいくんもええやろ」

「……あなたの受け売りですが」

「オレのやり方覚えとったんやなあ。感心な弟子や」

「忘れようがありませんよ」

河合と森がさくさくと話を進める中、ひとりキョトンとしていた敏生は、少し不満げな顔で、森のシャツの袖《そで》を引いた。

「何だ？」

「僕だけ置いてかないでくださいよう。紙吹雪《かみふぶき》って何ですか？　奴《やつ》らって？」

「……ああ、そうだった」

森は席を立つと「子供部屋」へ入っていき、すぐに戻ってきた。敏生の隣に腰を下ろし、持ってきたものをテーブルに置く。それは、白い和紙の束とハサミだった。何も書かれていないそれを見て、敏生は首を傾《かし》げる。

「これは？」

「今夜使う紙吹雪の素《もと》さ。派手《はで》な演出の準備は、助手の仕事だ」

「演出の……準備？」

「それを、こんなふうに……」

森はハサミを取ると、和紙を三センチ幅ほどに切り取った。それから長いリボン状のそれを、七、八センチくらいの長さに切《き》り揃《そろ》え、できた長方形の紙片の中央を、かたく捻《ねじ》った。小さなチョウチョのようなものが出来上がる。

「これが……紙吹雪《かみふぶき》の素《もと》ですか？」

「そうだ。たくさん作ってくれ。できるだろう？」

「そりゃできますけど……どうするんです？」

敏生は困惑顔で、紙製の白いチョウチョと紙束を見比べた。単純な作業だが、紙束すべてを切《き》り揃《そろ》えて一つずつ捻《ねじ》っていくと、かなりの時間がかかりそうだ。森はいつもの澄ました顔で言った。

「それは後のお楽しみさ。丁寧にやってくれよ」

「あー、また僕だけわかんないままほっとかれるんですか？　っていうか、天本さんはどうするんです？」

敏生は膨《ふく》れっ面《つら》で立ち上がった森の端正な顔を見上げた。

「仕事にかかる前の潔斎を……シャワーを浴びてくる。それから時間まで仮眠するよ。君も適当に休んでおけよ、敏生。パークで遊び疲れて、眠くて仕事にならないでは困るぞ」

「うー。わかってますってば」

「では、作業は任せた。頑張ってくれ、優秀な助手君」

森はそう言って、スタスタと「子供部屋」へと入っていってしまった。仕事モードに入った彼には、取りつく島もないのだ。

敏生は、少し期待を込めた眼差《まなざ》しを、向かいでだらしなくソファーに腰掛けている河合に向けた。

「じゃあ、河合さんは？」

「あー……オレか？」

河合はボサボサの頭を掻《か》きながら、「うーん」と唸《うな》った後、こちらもひょいと立ち上がった。大袈裟《おおげさ》な仕草で、腰をトントン叩《たた》く。

「いやー、年寄りには遊園地っちゅうんは疲れるもんやなー。お姉ちゃんにつきあったら、すっかりくたびれてしもたわ。琴平君に腰でも揉《も》んでほしいくらいやけど、テンちゃんの宿題があるみたいやから、勘弁したろ。オレもちょい横んなってくるわ。寝過ごしたら、起こしてな」

そう言って、河合も「大人の寝室」のほうへ引き揚げていってしまった。ひとりリビングに取り残された敏生は、膨《ふく》れっ面《つら》でソファーにひっくり返った。

「ちぇっ、二人とも、ずるいんだから！」

しかし、転がっていては作業が少しも進まない。仕方なく、敏生はゴソゴソと起き上がり、ハサミを手に取った。森がしたとおり、まずは長い帯状の紙片をいくつも作り、それを何枚かまとめて、短く切っていく。たちまちテーブルの上には、紙切れが小さな山を築いた。

河合の寝室からは物音ひとつしないし、子供部屋のほうからは、森がバスルームを使っている水音が聞こえてくるだけで、広いリビングルームはやけに静かである。かといってテレビをつける気にもなれず、敏生は自分で音楽を供給することにした。小声で歌いながら、和紙をすべて切り終わり、紙片を一枚ずつ、丁寧に捻《ねじ》り始《はじ》める。

と、背後に気配を感じるより早く、後頭部を強めにはたかれ、敏生は頭を押さえて振り返った。そこに立っているのは、式神《しきがみ》の小一郎だった。いつの間にか、羊人形から抜け出していたらしい。

白いタンクトップにモッズ風のタイトなカーキ色のシャツを重ね、ボトムはグレイのタイトジーンズという服装の小一郎は、まるでそのあたりに普通にいる若者のように見える。最近、さらにお洒落《しゃれ》になった式神は、敏生とコンビニに行くたびファッション雑誌を買わせ、あれこれと研究しているらしいのだ。

「もう、何だよ小一郎」

「主殿《あるじどの》の大切な道具を、鼻歌混じりに作成するとは何事だ。真面目《まじめ》にやらぬか」

こっぴどく敏生を叱《しか》りつけ、小一郎はさっきまで河合が座っていた敏生の向かいのソファーにふんぞり返った。敏生はまだジンジンする後頭部をさすりながら、アヒルのように口を尖《とが》らせ、それでもさほど腹を立ててはいない様子で弁解する。話し相手ができて、嬉《うれ》しさが先に立っているらしい。

「だってさ。こんな作業、ひとりでやってたってつまんないんだよ。ね、小一郎。せっかく出てきたんだから、手伝ってくれる？」

「お前の態度如何《いかん》だな」

「……お願いします。手伝って。小一郎が助けてくれないと、とっても困る」

「そこまで頼むなら、仕方ない」

敏生が笑いながら両手を合わせて「お願い」すると、小一郎はまんざらでもない様子で紙片に手を伸ばした。意外に繊細な手つきで、和紙を捻《ねじ》り始《はじ》める。どうやら、これがやってみたくて人形から出てきたらしい。

敏生は自分も和紙のチョウチョを作りながら、小一郎に話しかけた。

「ねえ。小一郎、今日はずっと人形の中にいたんだよね？」

「それがどうした？」

「パークはどうだった？　小一郎も、天本さんたちが修学旅行のとき、やっぱり人形に入って一緒に行ったんでしょう？」

小一郎は、だから何だと言いたげに鼻を鳴らす。

「行った。相変わらず、妖魔《ようま》が旨《うま》そうに人の『気』をむさぼり喰《く》っていたな」

「うええ。そういうことを訊《き》いてるんじゃなくて、小一郎には楽しいアトラクションとかなかったの？　恐竜は骨だけだとか作り物だとか馬鹿にしてたけど、ロボットは凄《すご》かったでしょ？」

「確かに生き物の如《ごと》く動いておったな。……しかし俺はあれからずっと考えておったのだがな、うつけ」

「何を？」

小一郎が真面目《まじめ》な顔で切り出したので、敏生も思わず頬《ほお》を引き締める。小一郎の質問が始まると、当分終わらないことを覚悟しなくてはならないのだ。

「恐竜というのは、太古に滅びた生物ではないのか？」

「そうだよ」

「その頃には、まだ人間はいなかったと、主殿《あるじどの》が十年前言っておられたような気がしたが、それはまことか」

「うん。恐竜は、大昔の地球に生きてたんだ。人類の最初のひとりが生まれる前に、何故《なぜ》か絶滅しちゃったらしいけど。大きな隕石《いんせき》が落ちてきて、地球の気候が変わっちゃったせいだとか、ウイルスのせいだとか、いろいろ言われてるよ」

紙を捻《ねじ》る手は少しも休めず、二人は話し続ける。小一郎は、鼻筋に皺《しわ》を寄せて、敏生を見た。

「ならば、人間は、生きた恐竜を見たことがないのではないか」

「うん。生きた姿は、誰も見てない。僕も詳しいことはわかんないけどさ、あれは化石から復元した想像の姿なんだよ」

「かせき？」

いったん疑問が浮かぶと、それが解消されるまで納得しない小一郎である。敏生は内心溜《た》め息《いき》をつきながら、何とか上手《うま》い説明をひねり出そうとした。

「ええと、恐竜が死ぬでしょう。そうしたら、普通は死骸《しがい》は腐って土に還《かえ》っちゃうんだけど、時々条件が揃《そろ》えば、骨とか皮とか卵とか、そういうのが石みたいにカチンコチンになって残ることがあるんだ。それが化石」

「では、いくつか展示されておった岩の塊のようなものや、作り物の骨組みの元は、その化石というものなのか」

「そうそう。卵から生まれかけの状態で化石になっちゃった恐竜の赤ちゃんとかね。可哀《かわい》相《そう》だったよね、あれ」

どうやら小一郎は、人形の中で、かなり熱心に展示物を見学していたらしい。思慮深げに唸《うな》った式神《しきがみ》は、しかしまだ納得いかない顔つきでこう言った。

「では、どうやってあの『ろぼっと』とやらを作りだしたのだ」

「え？」

「そうであろうが。生きている姿を誰も見ておらぬのに、誰が、どのようにして恐竜はあの『ろぼっと』のようであったと決めたのだ」

「うっ……」

「たとえば、人間の骨から、その人間の真の姿が容易《たやす》くわかるものなのか？　そやつがどのような皮膚の色をし、どのような髪型をし、どのように動くものか……」

敏生は首を傾《かし》げて困った顔をした。そろそろ質問内容が、敏生の知識を超越しつつある。

「サスペンスドラマとかで、骸骨《がいこつ》から生きてるときの顔を復元するとかってのはあるけど……。確かに、骨から正確にその人の姿を作り上げることは無理だろうね。そういうことは、龍村先生に訊《き》いたほうが確かだと思うけどさ」

「あの御仁にかかわるのは面倒ゆえ、お前の拙《つたな》い説明で我慢しておるのではないか。ならば、あの機械人形の姿や動きも、本物の恐竜と同じとは限らぬわけだな」

「そう……言われれば、そうかも。そうだね。誰も恐竜見たことないんだから、あれがホントの姿かどうかなんて、誰にもわからないや」

「何だ、くだらぬ。ではあれは、半ば想像の産物というわけか」

「そりゃそうだけどさあ。少なくとも、大きさだけは確かなわけじゃないか。あんな大きな生き物が近くにいたら、ビックリするよね」

「べつに驚きなどせぬわ」

「もう。可愛《かわい》くないなあ小一郎は。でもね、もしかしたら恐竜が生き残ってるかもって言ってる学者さんもいるんだよ」

「何っ。それはまことか！」

「うん。イギリスのネス湖とか、他にもいろんな湖で、水面から長い首を出してる物凄《ものすご》く大きな生き物を見たって人が何人もいるんだって。深い湖の底で、今でも恐竜が静かに暮らしてるのかもしれないね」

「なんと。もしそれが真実だとすれば、是非とも手合わせ願いたいものだ」

「恐竜対羊人形だね。あはは、何だかマンガみたい。……さて、これで全部かな。何だか信じられないくらいいっぱいできたよ」

　敏生は紙袋を探してきて、その中に和紙のチョウチョを大事そうに入れた。

「言われたとおりに作ったけど、これ、きっと浄化に使うんだよね。どうするんだろ」

　小一郎は両足をドカリとテーブルにのせ、尊大な口調で言った。

「お前がそれを気にする必要はあるまい。せいぜいヘマをせぬよう、やることがないなら今のうちに休んでおけ」

「ちぇー。すぐそうやって威張るんだから。ま、いいや。ホントにもうすることなさそうだから、少しだけ寝てくる」

「そうしろ。いざというときに居眠りなどしたら、俺が張り倒すぞ」

「はいはい」

敏生は紙袋を持って立ち上がった。寝室に入ると、部屋には灯《あか》りがついたままで、森はベッドに横になっていた。眠ってはおらず、積み重ねた枕《まくら》に頭をあずけ、ぶ厚い本を読んでいる。どこへ出かけるときも、森は鞄《かばん》に何かしら本を入れていくのが常なのだ。

「天本さん、できましたよ」

敏生はサイドボードに紙袋を置いた。森は読んでいた本を傍《かたわ》らに置き、チョウチョを一つ摘《つま》んでしげしげと眺めてから口を開いた。

「ああ、ありがとう。上出来だ」

「これ、何に使うんです？」

敏生は、森の寝転がったベッドに腰を下ろして訊《たず》ねた。森は、指先で摘んでいたチョウチョを手のひらに載せた。それを、自分の顔の前に持ってくる。口の中で何やら呟《つぶや》くと、小さなチョウチョが、フワリと舞い上がった。

「わっ」

敏生が小さな驚きの声を上げる。捻《ねじ》っただけの細長い和紙が、まるで本物の蝶《ちょう》のように忙《せわ》しく羽ばたき、敏生の周りを軽やかに飛び回る。敏生の顔に、みるみる笑みが広がった。

「うわあ、凄《すご》いや。わかった。チョウチョの一つ一つに、式神《しきがみ》を宿らせるんですね？　それで、式に妖魔《ようま》退治をさせるんだ」

「そういうことだ。……戻れ」

　森は短く命じる。途端に白い蝶《ちょう》はただの紙片に戻り、シーツにポトリと落ちた。それを指先で弄《もてあそ》びながら、森は少し眠そうな顔で言った。

「ここしばらく、小規模な調伏《ちょうぶく》ばかりしていたからな。式《しき》たちもそろそろ腹を減らしている。いい頃合いだ」

「でも、式たちも妖魔《ようま》なんでしょう？　妖魔同士が戦って、勝てるんですか？」

「確かに小一郎以外の式は皆まだ下等妖魔の域を出ないが、それでもそれなりに鍛えてある。雑霊《ざつれい》や融合した妖気の澱《よど》みよりはうんと強いさ。広い場所を浄化するときは、大いに期待できる戦力だ。飢えた式神《しきがみ》たちは、必死で餌《えさ》になる雑霊たちを探すだろう」

　敏生は感心したように、ふうっと息を吐いてそんな森を見た。

「そんな方法もあるんですね」

「昔……術者になって間もない頃、河合さんが教えてくれた方法だよ」

「ああ、さっき言ってた『河合さんの受け売り』ってそういうことなんですね」

「ああ」

　森は懐《なつ》かしそうに目を細めた。

「俺が駆けずり回って指示を出さなくても、小一郎が式たちを上手《うま》く束ねてくれるだろう。……よく育ったものだ。前にここに来たときには、羊人形の中に入って、つまらない悪戯《いたずら》をしたり、龍村さんとじゃれたりしているばかりだったが」

「あ、ねえ、天本さん」

　敏生は、森の言葉に興味を引かれたらしく、森の頭のすぐ脇《わき》に両手をついた。ほとんど真上から、森の顔を覗《のぞ》き込《こ》む。

「何だい？」

「あ……やっぱりいいです。今から少し寝るんですよね？」

「そのつもりだったが、べつに眠くてたまらないわけじゃない。横になっているだけで十分だよ。それより、何か訊《き》きたいことがあるなら、最後まで言ってくれ。気になって余計に休めないよ」

　敏生は照れ臭そうに笑って謝ると、好奇心に目を輝かせてこう言った。

「ごめんなさい。じゃあ言います。あのね、僕、その河合さんの『紙吹雪《かみふぶき》』の話も聞きたいんですけど、それより小一郎の昔の話を聞いてみたいなってずっと思ってたんです」

「小一郎の……昔の話？」

　森は、生乾きの髪を手櫛《てぐし》で撫《な》でつけながら、右眉《みぎまゆ》だけを軽く上げる。敏生はちょっと声を潜めて悪戯っぽく笑った。

「ええ。龍村先生も時々、赤ちゃん時代の小一郎の話してくれますけど、でも、どうやって天本さんが小一郎と出会った……っていうか捕まえたのかは知らないって。小一郎に訊いたら『そんなことは知らずともよいわ!』ってキーキー怒るし、いつか天本さんにおねだりしてみようと思ってたんですよ」

「なるほど。……そうだな。それを話すには、ちょうどいい機会かもしれない。そのうち、君が自分の式《しき》を持ちたいと思ったとき、この話が参考になるだろう」

「参考に? 式神《しきがみ》の捕まえ方って、一つじゃないんですか?」

「まさか。いろいろな方法があるさ。ただ、河合さんが教えてくれた方法が、いちばん情緒的だった」

「情緒的?」

「ロマンチックと解釈してくれればいい。……聞いてみたいかい? 河合さんの話と小一郎の話は連続しているから、寝転がったままでいいなら一緒に話してやるよ。頭は疲れていないんだが、さすがに十年分しっかり年をとったらしい。身体《からだ》のほうは、少し休息を必要としているんだ。君はどこで話を聞きたい?」

言葉の意味がわからず、敏生はキョトンと大きな目を瞬《またた》く。森は笑いながら、後ろ手で枕《まくら》を脇《わき》にずらし、身体を移動させた。

「ここで聞きたいです!」

敏生は森の意図を即座に察し、靴を脱いでベッドに上がった。森の傍《かたわ》らに、両肘《りょうひじ》をついて俯《うつぶ》せに寝転がる。

キラキラ光るビー玉のような目で自分を見つめる敏生に、森のいつもはきつい切れ長の目元が優しく和らぐ。緩い癖のある敏生の髪に、森は指を伸ばした。柔らかい栗色の髪は、少し伸びてきている。美容院は緊張するから苦手だとこぼす敏生のことだから、しばらくカットに行っていないのだろう。

「あれは確か、俺が河合さんの『助《すけ》』になって、半年ほど経《た》った頃だった……」

敏生が、ゴソゴソと身じろぎして、森の胸の上にそっと片腕と細い顎《あご》をのせる。温かな体温に安らぎを感じつつ、森は穏やかな声で話し出した……。

2

それは、森《しん》が高校二年生の、ある秋の日の夕方のことだった。

その日の授業を終えて帰途につこうとしていた森は、柄にもなくあからさまに驚いた顔つきで凍りついた。

校門の石柱にもたれて立ち、守衛の困惑の眼差《まなざ》しを受けていたのは、約半年前に知り合ったばかりの男……霊障《れいしょう》解決業における森の師匠、河合純也《かわいすみや》だったのだ。

洗《あら》い晒《ざら》したチェックのコットンシャツに擦り切れる寸前のジーンズ、そしてバスケットシューズ。大学生のようないつもの出で立《いでた》ちだ。盲人であることを示す白い杖《つえ》を持っているだけに、守衛も単なる不審者として咎《とが》めだてすることを躊躇《ためら》っているらしかった。

「……か、河合さん……？」

森の声を聞きつけたのか、風の匂《にお》いを嗅《か》ぐ鹿《しか》のように顔を空に向けていた河合は、石柱から背を浮かせた。

「テンちゃんか？」

「その呼び方はやめていただけませんか。俺の名前は天本《あまもと》です」

森は守衛に、この不審極まりない男が自分の知り合いであることを目で知らせ、いかにも嫌そうな顔で河合に歩み寄った。

「学校っちゅうんは、けっこう遅うまであるんやなあ。お疲れさん」

河合は、いつもの呑気《のんき》な笑顔で、何の迷いもなく、森の頬《ほお》に手を当てた。目が見えているとしか思えないほどの、正確な動きである。森はほとんど反射的に、その手を払いのけた。

「学園祭前ですから、あれこれとやることがあるんです。それよりどうしたんですか、こんなところで。何をしてるんです」

「何て、テンちゃん待ってたんやんか。用事があるんや」

ちょうど下校時刻なので、校舎のほうからは、次々と生徒たちが歩いてくる。皆、森と河合の奇妙なコンビにジロジロと好奇心丸出しの視線を投げて通り過ぎていった。

そんな生徒たちの目から逃れるべく、森は小さく舌打ちして河合の腕を摑《つか》んだ。そのまま乱暴に、駅とは反対の方向へと連れていく。

「こらこら、そない強う摑んだら痛いやんか」

「いいから黙ってさっさとついてきてください。俺の真っ当な学生生活を破壊する気ですか」

「大袈裟《おおげさ》やなー。保護者が学校に迎えに来て、何がアカンねんな」

「表社会では、あなたは俺の保護者ではないでしょう！　とにかく黙ってこっちへ来てください」

「あーはいはい。相変わらず怒りっぽいなあ、テンちゃんは」

珍しく慌てふためいている森の様子に、河合はにやにや笑いながら、おとなしく手を引かれていく。

森が河合を連れていったのは、学校から少し離れた小さな公園だった。住宅街のど真ん中にあるささやかなスペースに、いくつかの遊具が配置されている。幸い、公園には人影がない。

古ぼけたプラスチック製のベンチに河合を座らせ、森は憤懣《ふんまん》やるかたない表情で、河合の前に突っ立ったまま言った。

「お願いですから、俺の一般人としての生活に踏み込んでくるのはやめてください。俺があなたの弟子だか助手だかでいるのは、霊障《れいしょう》解決の仕事のときだけのはずです。そういう約束だったでしょう？」

だが河合は、森の剣幕《けんまく》など柳を揺らす微風《そよかぜ》ほどにも感じていないらしく、シャツの襟元を片手で弄《いじ》りながら、

「せやかてしゃーないやん」

と言った。

「仕方ないって……」

「急な仕事入ってんもん。学校で捕まえるんが、いちばん確実やろ？　せやし、わざわざあそこで待ってたんや。さすがに中まで入るんはアレやと思て、校門でな。オレも気ぃ遣《つこ》てんねんで」

まあ座りや、と諫《いさ》めるように言われ、森は深い溜《た》め息《いき》をつき、河合の隣に距離を置いて腰を下ろした。膝《ひざ》の上に薄っぺらいバッグを置き、薄い唇を不機嫌にひん曲げたまま、横目で河合を見る。

「急な仕事はそちらの都合で、俺には迷惑でしかありません。……それで？　そこまで急ぎの仕事とはいったい、どんなものなんです？」

河合にはいくら怒ってみせても効果がないことは、短いつきあいといえどもとっくに悟っている。森は仕方なく、先を促した。

河合はそれにはすぐに答えず、まるで目が見えているかのように、ぐるりと首を巡らせた。

「なあ、あんまり急いで歩いたから、喉渇《のどかわ》いたわ。どっかそのへんに自販機あるやろ。コーヒー買《こ》うてきて。冷たい奴《やつ》な」

「………」

森は爆発寸前の顔で、しかし結局どさりとバッグをベンチに置くと、足音荒く歩き出した。河合の言うとおり、公園の細い道路を挟んだ向かい側に酒屋があり、その前に自動販売機が何台か並んでいるのである。

森はそこで缶コーヒーを二つ買うと、河合のもとに戻った。顔も動作も怒っているくせに、きちんと缶を開けてから河合に手渡すあたり、生来の律儀《りちぎ》な気性が窺《うかが》える。

「おおきに。はー、生き返ったわ。……あんな、今回の依頼は、小学校の校舎を祓《はろ》うてくれっちゅう、少しばかり荒くたい仕事やねん」

コーヒーをいかにも旨《うま》そうに一口飲んでから、河合はそう言った。森は缶を手に持ったまま、ほんの少し目を見張る。

「学校の校舎を？　それはまた大がかりですね」

「まあな。ホンマの大がかりな仕事っちゅうんはそんなもんと違うで。極端な奴《やつ》やと、山一つが守備範囲やったりするからなあ。ま、これは中くらいの規模やねんけど、一晩でやってくれっちゅうとこが少々大変なんや」

「一晩で？　校舎をまるごと祓《はら》う……ですか？　まさか、俺とあなたの二人だけで？」

「せや。ま、校舎言うても三つあるうちの一つだけでええらしいから、そない大変やないで。テンちゃんにはええ勉強になるやろと思て、早川《はやかわ》さんからの依頼、受けてきた」

「……それは……」

礼を言うべきか、余計なお世話だと言うべきか迷った揚げ句、結局森は何も言わずにコーヒーを一息に飲み干した。

河合は、酒でも飲むようにチビチビとコーヒーを飲みながら、のんびりした口調で先を続けた。

「でな、祓《はら》う作業は俺があらかたやるし、テンちゃんは見学しもってちょいと手伝《てつど》うてくれたらええねんけど、ちょっと思てることがあってな。ほんで、訊《き》きたいねんけど」

「何です？」

森は眉根《まゆね》を寄せる。河合は、珍しく真面目《まじめ》な顔をしてこう言った。

「テンちゃん、ひとりっ子なんやろ？　お母さんずっと病気で、お父さんは仕事であんまり帰ってけえへん、そう言うてたやん」

「……それが何か？」

「それやのに、ペットとか飼わへんのか？　家帰っても、話し相手がおらんかったら寂しいやろ」

「べつに。ずっとそうですから、寂しいも何もありません。それより、それはあなたも同じじゃないんですか？　ひとり暮らしだと言ってたじゃないですか」

森は冷ややかに言い返す。だが河合は、うーんと眠ったような顔で首を横に振った。

「オレは、ひとり暮らしいうても、いつも姉ちゃんたちんとこ出入りしてるし、なーんも寂しゅうなんかないで。どっちか言うたら、オレがペットみたいなもんやな。美人のご主人様がようけおる、半野良《はんのら》の幸せなペットや」

「………」

「せやけどオレと違ってテンちゃんはホンマにひとりやろ？　動物とか嫌いなんか？」

「動物は……どちらかといえば好きです。ですが、ペットは飼えません」

「何で？」

森は口ごもり、そしてキッときつい目で河合を睨《にら》んだ。

「父が許しません。……いったい何の話ですか。仕事に何の関係が？」

森の眼光の鋭さは盲目の河合には見えないが、口調のきつさと語尾の乱れで、森がその質問に酷《ひど》く動揺したことはわかったのだろう。河合は少し慌てた様子で頭を掻《か》いた。

「テンちゃん？　……すまん、オレ、余計なこと訊《き》いてしもたんか？　堪忍《かんにん》や」

森はしばらく黙りこくっていたが、やがて深い溜《た》め息《いき》をつき、力なく項垂《うなだ》れた。

「……いえ……。昔の話です。少し思い出すことがあっただけで、河合さんには関係ありません。気にしないでください」

「そうか？　それやったらええけど……」

「けれど、どうしてそんなことを？」

河合は、相変わらずボサボサ髪を掻きながら言った。

「いや……テンちゃんもな、オレと仕事してるばっかしやったら、毎日ちょっとずつ修業……ちゅうわけにいかへんやろ。せやし、ちょいと一緒に頑張れる友達を作ったろと思てるねん」

「……友達？　さっき言ったように、ペットは……」

「違う違う。生身のペットと違う。もしテンちゃんが嫌やなかったら、今夜の仕事終わってから、テンちゃんにええもんやろうと思ってんねん」

「いいもの……それが、友達、ですか？」

「せや」

河合はにんまりして頷《うなず》いた。

「いったい、どういうことです？」

森は訝《いぶか》しげな表情で、じっと河合の心の内が見えないつるりとした笑顔を見る。

「まあ、現場でどんなもんか見て、気に入ったらこの先の話しよや。そんで、今夜の仕事やねんけど、市立H小学校なんや。場所わかるか？」

「……おそらく。帰ってから、地図で確認します」

「よっしゃ。そこの校門前に、日付変わる頃に集合や。あ、正門やのうて、裏門な。そっち開けてもらっとくから」

「わかりました」

「最近、夜はめっきり冷え込むし、温《ぬく》い格好で来《き》いや」

そんな親めいたことを言い、河合は立ち上がった。畳んで膝《ひざ》に置いていた白い杖《つえ》を、真《ま》っ直《す》ぐに伸ばす。

　仕方なく、森も立ち上がった。

「駅まで送ります」

「いや、ええわ。いっぺん歩いた道はわかるし、あんまり他の生徒に一緒におるとこ見られたないんやろ？　そら、テンちゃんはきっちりしてるもんなあ。俺みたいなビンボくさい知り合いがおるんは、どう考えても変やわ。せやし、気ぃ遣わんでええて」

「そんなつもりでは……！」

　もしや自分の発言で河合を傷つけたかと、森は言葉に詰まる。だが、河合は丸眼鏡《まるめがね》の奥の閉じたままの目を三日月形にして屈託なく笑い、森の二の腕をポンポンと叩《たた》いた。

「わかっとるて。テンちゃんがホンマは優しい子やて、オレはようわかってる。邪魔して悪かったな。はよ帰って、宿題でもしとき」

「河合さん……。俺は」

　学生服越しに、河合の手の温《ぬく》もりが感じられるような気がして、森はハッとする。

「ホンマに気にせんでええ。もう、学校には行かんようにするし。ほな後でな」

　河合は森に触れた手を挙げて挨拶《あいさつ》すると、白い杖《つえ》で地面を軽く叩きながら、正確に公園の出口のほうへ向かった。この方向感覚の確かさには、森はいつも驚かされる。

　飄々《ひょうひょう》と去っていく河合の背中が細い道路の向こうに見えなくなってから、森はようやく無意識に詰めていた息を吐いた。軽い自己嫌悪《じこけんお》が、彼の胸を塞《ふさ》いでいた。

「本当にそんなつもりじゃ……」

森がどんなに苛《いら》ついても、河合は笑みを崩さない。つっけんどんな物言いをしても、いつもあの人好きのする笑顔で、穏やかに受け流してしまう。森の周囲に、これまでそんな人間はいなかった。

（……初めて会ったときから、あの人は笑ってばかりだ）

森は鞄《かばん》を肩にかけ、重い足取りで歩き出した。公園を抜け、河合とは違う道をわざと選んで、駅へと向かう。

母親は、いつも遠い彼方《かなた》を見ていて、その瞳《ひとみ》に森を映してはくれなかった。父親は厳しい眼差《まなざ》しで彼を見据え、常に努力を続けることを強いた。決して森のことを褒めたり可愛《かわい》がったりしてはくれなかった。

孤独が当然だと思っていた森に、初めて兄のように温かく接してきた男。そして外界に対して堅く閉ざしていた森の心を、静かな力を秘めた手で開き、あっという間に入り込んできた男。それが河合だった。

河合は森が一つ術者としての技術を習得するたび、大袈裟《おおげさ》に褒め、そして小さな弟に対するように、森の頭をグシャグシャと撫《な》でた。

両親に抱き締められることなく育った森は、他人に触れられることにまったく慣れておらず、未《いま》だにそうした河合の態度に酷《ひど》く戸惑ってしまう。だが確かに、あの温かな手で頬《ほお》や頭に触れられると、驚くほどホッとしてしまう自分がいるのだ。

それを自覚しているからこそ、河合と一緒にいると自分が弱くなるような気がして、森はつい意固地な態度をとってしまう。だがおそらくそのことすら、河合はとっくにお見通しなのだろう。

「優しくしてもらいたくて、術者になったわけじゃない。俺は、寂しくなんか……」

そんな力ない呟《つぶや》きが、夕暮れ道をひとり歩く森の唇から、低く漏れた……。

そして、真夜中。

森が指定された時刻どおりに待ち合わせ場所の市立H小学校裏門へ行くと、河合はすでに門柱の前に立っていた。夕方別れたときと同じ服装だが、上からコーデュロイのジャケットを引っかけている。

「すみません、お待たせしましたか」

森の気配を感じたらしく首を巡らせた河合は、森の言葉にかぶりを振った。

「いんや、オレがはよ来すぎただけや。ちょい寒いけど、ええ夜風やな。熱い酒くーっとやるにはええ季節や」

言われてみれば、河合の手には、湯気を立てるコップ酒がある。ほとんど飲み干されて、残りはほんのわずかだ。森はそれを見て、眉《まゆ》を顰《ひそ》めた。

「仕事前に酒ですか」

つい夕方の後悔を忘れて、森は棘《とげ》のある台詞《せりふ》を吐いてしまう。だが河合は相変わらず呑《のん》気《き》に、それを笑い飛ばした。

「ははは、テンちゃんは真似《まね》したらアカンで、まだ未成年やからな。せやけど、酒は百薬の長て言うやろ？　ガソリンみたいなもんや。身体《からだ》を中から温《あった》こうしてくれる。なかなかええもんやで」

「そんなものですか」

「せや。だいたい、オレはこのくらいの酒では酔わへんし、心配いらんて。はー、テンちゃんもはよ大人になりや。そしたら、酒の飲み方からお姉ちゃんの口説き方まで、がっつり面倒みたるから」

「……術者としての教育だけで結構です。それより、さっさと仕事にかかりましょう」

「へいへい。あー、えらいセカセカした助手を貰《もろ》てしもたなあ。ほな、行こか」

河合はニヤニヤして酒を飲み干してしまうと、空いた容器を地面に置いた。そして、手探りで裏門の扉を開け、中に入った。森も無言で後に続く。

生徒や教師のいない夜の小学校は、それだけで何となく不気味な空間である。ガランとした広い校庭にはかろうじて数本の外灯があるが、校舎の近くはまったくの暗闇《くらやみ》だった。

「どこへ？」

「ええとな。メインの校舎やのうて、校庭の脇《わき》に、新しい校舎があるやろ。そっちや」

「……ああ」

森は闇《やみ》を透かしてどうやら該当する建物を見つけた。おそらく増加した生徒数に対応するために新築したのだろう。クラシックな本校舎と調和が取れていないやけに殺伐としたコンクリート校舎が、彼らが立っている場所から校庭を挟んだ向こう側に見える。

河合は、ごく自然に森の肘《ひじ》のすぐ上あたりに摑《つか》まった。盲人としては当然の行動だが、それにさえ、最初の頃、森は困惑したものだった。今はようやく慣れて、躊躇《ためら》いなく河合を誘導できるようになったのだが。

ゆっくりしたペースで歩きながら、河合はいつもの調子でのんびりと説明した。

「雑霊《ざつれい》や下等妖魔《ようま》は、古くて暗いとこが大好きやねん。そんで、子供の『気』が何よりのご馳走《ちそう》や。大人と違って、子供の『気』は、きっと余計な味がついてへんかって旨《うま》いんやろな。人間でも、素材の味をそのまま食うんがええて言うやん？」

奇妙なたとえに森が何も反応できないでいると、河合はそれにお構いなしで話を続けた。

「せやから、そもそも小学校っちゅうんは、やたらと妖気が溜《た》まりやすいとこではあるねん。でもって、ホンマやったら、こういう古い本校舎のほうにあれこれ妖気が溜まりそうなもんやねんけどな。昔の設計士には、おもろいとこで頭を使う奴《やっ》がおってな」

「面白いところ？」

「家建てるときは、鬼門やら裏鬼門やら玄関と水回りの方角やら、家相をいろいろ考えるやろ？　そういうときに使う方位学とか風水とか、ああいうんは一種の統計学でな。理屈やあらへん。昔から奇特な人たちが延々と、ようけえデータを集めて傾向と対策をはじき出したもんや」

森は注意深く言葉を選びながら訊《たず》ねた。

「つまり、建物の配置や建築方法によって、同じ様式の建物でも、妖魔《ようま》の溜《た》まりやすさに差ができるということですね？」

「そういうこっちゃ。おもろいやろ。この本校舎を建てた奴《やっ》には、そういう知識があったんやろな。早川さんが設計図を指で読めるように加工して見せてくれてんけど、鬼門や裏鬼門にしっかり封じの凹《くぼ》みが切ってあんねん。水回りも上手《うま》いこと配置して、なかなか守りの堅い建物を設計しとるわ」

「……そんな工夫が……」

森は興味深げに、おそらくは何十年か経《た》っているであろう古ぼけた本校舎を見上げた。

「せやけど、新しい校舎のほうは、そんな細かいことはお構いなしの突貫工事で建てたんやろな。やっつけ仕事のツケっちゅうんは、妙なとこでぽこっと出てくるもんや」

「……なるほど。ということは、この新校舎で、何か霊障《れいしょう》が?」

森は、新しい校舎の前に来て、足を止めた。頰《ほお》を掠《かす》める冷たい秋の夜風は、乾いた土の匂《にお》いがする。河合は森から手を離し、バキボキと両手の指を鳴らしながら答えた。

「小さい子供の中には、時々えらい霊感の強い子がおってな。そういう子供は、うっかり妖魔《ようま》を見たり感じたりしてしまうんや。せやけど、どうしたらええかわからんから、ただ怖がるばっかしやねん。妖魔は人間の『恐怖』の念が大好きやからなあ。あっという間にその子に群がって、よってたかって『気』を吸い取ってしまうんや。この校舎で勉強してた子の中に、それで弱って病気になってしもた子がおってな。詳しい経緯は知らんけど、話が回り回って、『組織』に持ち込まれたんや。同じようなことが起こらんように、この校舎丸ごと綺麗《きれい》に祓《はら》ってくれて」

「……なるほど……」

森は、改めて目の前の無機質なコンクリート建築の校舎を眺めた。建物の中へと精神を集中させてみると、確かにそここに強い妖気を感じる。おそらくそこに、雑霊《ざつれい》たちが澱《よど》んでいるのだろう。

河合は、両手の指をまんべんなく鳴らし終わると、世間話でもしているような調子で、森に言った。

「ほな、いこか。ちゃっちゃとすまして、はよ帰ろうや。寒うてしゃーないわ」

「はい」

森は顔を強張《こわば》らせ、河合の隣に立つ。河合は、そんな森の肩をポンと叩《たた》いた。

「気ぃ引き締めるんと緊張するんは違うで、テンちゃん。気持ちは楽ーにしとき。で、結界張ってんか。この校舎にすっぽり被《かぶ》さるようにな」

「結界を？　この校舎全体に、ですか？」

さすがの森も啞然《あぜん》として目の前の大きな建物を見上げる。結界の張り方を河合に教わったのは、ほんの三週間前、それも「現場」でそれをやったのは、ほんの八畳間ほどの大きさを封じることだったのだ。

だが河合は、森の戸惑いなど気にも留めない様子で、うんと呑気《のんき》に頷《うなず》いた。

「大きさなんぞ大したことやない。テンちゃんやったらできるて。……けど、気ぃつけてな。俺がこれからこの校舎浄化するねんけど、結界がほころびとったら、その穴から妖魔《ようま》が逃げてしもて、あっちの本校舎まで祓《はら》わんとアカンようになってまうから」

「……はい」

柔らかな物腰とは裏腹に、河合の指導はかなりスパルタである。たいていの訓練は、実際の調伏《ちょうぶく》現場で行われるのだ。むろん、森の失敗が、師匠である河合の命すら危機にさらす可能性もあるのだが、どんな難しいことを森に要求するときも、河合はいつも涼しい顔をしている。

森を信じているのか、あるいは自分の身を守る自信があるから、平気で森を試しているのか。河合の笑顔からは、その本心が読み取れない。

(どっちでもいい。やってやるさ)

そんなふうに心を決めて、森はすうっと深く息を吸い込んだ。緊張してガチガチになっていた肩を一つ上下させ、力を抜く。左手の人差し指と中指が、刀のようにピンと伸ばされた。

「臨《りん》、兵《ぴょう》、闘《とう》、者《しゃ》、皆《かい》、陣《じん》、列《れつ》、在《ざい》、前《ぜん》!」

一音一音気合いを込めて九字《くじ》の真言《しんごん》を唱え、手刀で夜の冷たい空気を縦横に切り裂いていく。自分の「気」が研ぎ澄まされていくのがわかる。

「ノウマクサンマンダ・バサラダンセン・ダマカロシャダソワタヤ・ウンタラタカンマン! オン・キリキリ、オン・キリキリ……」

森は両手の指を複雑な形に組み合わせて印を結び、真言を唱え始めた。もう、緊張も戸惑いも、何も感じない。森はただ、印を組み替えるたびに、そして新たな真言を唱えるたびに、少しずつ自分の気が大きな網を形成し、校舎を天から包み込んでいくのを感じていた。

やがて。

「よっしゃ」

河合が穏やかな声で言って、真言を唱え終えた森の頭をポンと叩《たた》いた。

「ようやった。立派な結界や。ほな、これから調伏《ちょうぶく》に移るで。これ持っといて」

河合はさっきから手に提げていたビニール袋を森に差し出した。森は胡散臭《うさんくさ》そうに、どこかのスーパーマーケットの名前入りの袋を受け取り、中を覗《のぞ》き込《こ》む。

「……これはいったい」

中に入っていたのは、色とりどりの紙片……つまり、いわゆる紙吹雪《かみふぶき》であった。怪訝《けげん》そうに袋の中身と河合を見比べる森に、河合はにまにまと緊張感ゼロの笑顔で言った。

「甲子園《こうしえん》でパクってきた紙吹雪や。いちいち校舎の中を歩き回って浄化しよったら、暇かかってしゃーないやろ。学校の人に頼んで、ロッカーやら戸棚やら引き出しやら、全部開けといてもろてん。せやし、こっから一気に祓《はら》うで」

「どうやってそんなことを？」

「俺がこれから貘《ばく》……『たつろう』出すしな。あいつが合図したら、その紙吹雪、景気よう投げてんか」

「……わかりました」

今ひとつ河合の意図がわからないまま、しかし森は従順に頷《うなず》く。河合は片手で顎《がく》関節をマッサージしてから、両足を肩幅に開いた。

「ほな、行くで」

河合は長く長く息を吸い込む。シャツの下で、痩《や》せた腹が膨らむのがわかった。

ハアアアアァァァァァァァッ！

その息が一気に吐き出されたその瞬間、河合の下顎《したあご》がガクンと落ちた。口が、巨木の虚《うろ》のように大きく開く。そしてその口から、もやもやと白っぽいガスが立ち上った。

何が起ころうとしているかはわかるが、それを見たことはまだ数回しかない。森は、ゴクリと生唾《なまつば》を飲んだ。

――むわ、わわわわわ……ん。

そんな大欠伸《おおあくび》にも似た野太い声と共に、ガス体は濃縮され、たちまち河合の口から半身を出した貘《ばく》の姿になる。森がついこの間、山下達郎《やましたたつろう》に似ているからと実に安直に命名した、河合の体内に棲《す》む妖魔《ようま》「たつろう」である。

たつろうは、伝説の貘ではなく、何故《なぜ》かマレー貘にそっくりな長い鼻でクンクンと空気の匂《にお》いを嗅《か》ぎ、そしてにんまりと河合そっくりの細い目を三日月にした。どうやら、大好きな妖魔の匂いをキャッチしたらしい。

河合の術者としての通称は「添い寝屋」であり、依頼者と共に眠ることで、その人物の夢の中に入り、「たつろう」に夢魔《むま》を喰《く》わせることで霊障《れいしょう》を解決する。夢の中で貘を出すのは容易《たやす》いが、現実世界でそれをやってのけるのは、相当に大変なことらしい。両足を思いきり踏ん張って立っている河合は、それだけで精一杯の様子だった。

白と黒のずんぐりむっくりした身体《からだ》の貘は、さっき河合がしたように、思いきり息を吸った。ただでさえ丸い胴体が、風船のようにパンパンになる。

むわ、むわ、わわわわわーん！

どうにもこうにも間の抜けた声が校舎に木霊《こだま》して周囲に響き渡る。貘《ばく》の口が思いきり開くと同時に、森はすかさず袋を摑《つか》み、貘と河合の頭上に、中の紙吹雪《かみふぶき》を景気よくぶちまけた。

おそらく、野球の応援団が作成したのであろうカラフルな紙吹雪が、たつろうの吐き出した突風のような息に激しく翻弄《ほんろう》され、大きな渦を巻く。

「……うわ……っ」

森は思わず驚きの声を上げた。グルグルと渦巻く紙吹雪が、そのまま小規模な竜巻のように校舎へと突進していくのだ。

ゴオオオウウウウウウウウ……

開け放たれた入り口から、紙吹雪は校舎へと入っていく。風が唸《うな》る凄《すさ》まじい音が、いくつにも分かれて外にいる森たちに聞こえてきた。

たつろうは、これで役目を終えたらしい。うあーん、という一声を残し、しゅるしゅると河合の口の中に引っ込んでしまう。河合は、両手で外れた下顎《したあご》を元に戻すと、いかにも大儀そうに長い顎を撫《な》で回《まわ》した。

森は、自分の結界が万全であることを確認しつつ、河合の次の行動をじっと待つ。

……と。

視界の端……上方ギリギリのところに、何か小さなものがヒラリと横切った気がして、森は顔を上げ、そして大きく切れ長の目を見開いた。

「…………！」

三階建ての校舎のすべての窓は大きく開け放たれていたが、その窓という窓から、さっき正面玄関から入っていった紙吹雪《かみふぶき》が、勢いよく外へ向かって噴き出していたのである。

雪のように、あるいは花吹雪のように、小さな無数の紙片は、はらはらと二人の頭上に舞い落ちてくる……ように見えた。

だが、河合は見えない目を閉ざしたまま、ゆっくりと仰向《あおむ》き、両腕を広げた。すると、さっきまで無軌道に落ちてきていると思った紙吹雪が、河合の腕の動きに呼応して、ひらひらと河合のほうへと集まり始めたのだ。

「河合さん、これは……」

とうとう紙吹雪は、河合の周囲を雲のように取り巻き、小さな羽虫めいた動きで上へ下へと飛び回るようになった。呆然《ぼうぜん》と立ち尽くす森に、河合は紙吹雪越しに片手を差し出した。

「さっきの袋貸してんか」

「あ……はい」

森はようやく我に返り、河合の手にビニール袋を握らせてやる。

「おおきに。……ほれ、お前らもう腹一杯喰《く》うたやろ。帰ってきぃや」

河合は独り言のように呟《つぶや》きながら、ビニール袋の口を大きく広げた。すると、まるで吸い込まれるように紙吹雪《かみふぶき》はビニール袋の中に収まってしまう。やがて周囲は、何事もなかったかのように、すっきりと綺麗《きれい》に、そして静かになった。

「もうええで」

そう言われ、森はパチリと指を鳴らし、結界を解除した。そして、しげしげと目の前の師匠を見た。

「いったい、今のは……」

「ま、念のため校舎ん中、ぐるっと歩いてみよか。たぶん、綺麗に掃除されとると思うけど」

森の問いには答えず、河合はスタスタと校舎に向かって歩いていく。森は舌打ちしたいような気分で、そんな河合に追いつき、あるいは不必要かもしれないと思いつつも、その腕を取ったのだった。

暗がりでは、盲人のほうが強い。それを森はすぐに実感した。何しろ校舎の内部は外よりさらに暗く、懐中電灯を持っていない森は、何度も床に躓《つまず》きかけた。だが河合は、昼間に道を歩いているのとまったく同じペースで歩くことができるのだ。腕を取っているのは森だが、先導しているのは実質河合のほうである。

まずは三階まで上がり、そこから教室を一つ一つ回って二階、そして一階へとチェックして歩きながら、河合は言った。

「あれがな、式神《しきがみ》っちゅうもんや。名前くらいは知っとるやろ?」

突然解説を始めた河合に、森は周囲に妖魔《ようま》の気配が残っていないかどうか注意深く確かめながら答える。

「本で読んだことはあります。あの貘《ばく》のことではないんですか?」

「たつろうは違うねん。こいつは、オレの式神っちゅうより、オレに寄生してる感じやな。ま、ごっつ特殊なパターンや」

「なら、いったいどれが……」

「さっきの紙吹雪《かみふぶき》やん。あれな、紙切れの一つ一つに、オレがこないだからこつこつ捕まえといた妖魔を宿らせとるねん。まあ言うたら、オレの使い魔やな。それを式神っちゅうんや」

「……妖魔を……」

「せや。手下にした妖魔は、餌《えさ》をやって、躾《しつ》けて、育てることができるんやで。せやからさっき、妖魔の宿った紙吹雪を、たつろうに吹き飛ばしてもろたんや。校舎内の隅々までな」

「それで、紙吹雪《かみふぶき》に宿った式神《しきがみ》たちは、校舎内に澱《よど》んだ妖魔《ようま》を？」

「うん、そうや。妖魔っちゅうんは、他の妖魔を喰《く》らうことで、自分が育つねん。せやから、こいつら校舎の隅に隠れとる妖魔を襲って、片っ端から平らげてしもたんや。……ま、まだしょぼい奴《やつ》らやから、何割かは返り討ちに遭《お》うて、帰ってけえへんけどな」

「……そういうものなんですか」

森はまだ合点のいかない様子で相槌《あいづち》を打つ。河合は、うんうんと頷《うなず》いた。

「まあそうやって、何度も戦わせて生き残った強い奴だけを、式神として長く飼《こ》うてやったらええねん。だんだん使えるようになってくるしな。こいつら、妖魔たらふく喰うて、袋ん中で大満足や。……で、どや？」

「どう、とは？　……あ、まさか」

森はハッとする。

「もしかすると、夕方河合さんが言っていたペット云々《うんぬん》というのは、式神のことですか？」

手摺《てす》りを持ち、階段をゆっくり下りながら、河合は頷いた。

「オレはこうしてがばーっと束で飼うてるけど、式の使い方にもいろいろある。テンちゃんが一匹だけ捕まえて、名前つけて、手塩に掛けて育てたら、それはそれでええ式神になるで。いわゆる右腕っちゅう奴《やつ》やな。オレはそういうん苦手やから、気が向いたときに大《おお》雑把《ざっぱ》な飼い方するけど」

「一匹捕まえて……」

森はそのアイデアを、少し考えてみた。確かに、犬や猫といった動物は、父のトマスが家で飼うことを決して許しはしなかった。だが、森がオカルト分野についての知識を深めることは、むしろ歓迎しているらしき父である。森が妖魔《ようま》をこっそり飼って育てていたとしても……それを積極的に父に教えるつもりはないが、もし知れてしまっても……。

(たぶん、子犬や子猫のときのようにはならないだろう)

「まあ、テンちゃんの場合は、育てつつ自分も一緒に成長するちゅう感じやろけど。そういうのも悪うないと思うねん。どや？」

河合は重ねてそう言い、一階の教室へと向かう。森は河合と歩きながら、しばらく黙りこくり、そしてボソリと言った。

「どうやって……妖魔を捕まえるんですか？」

河合は、にんまりと笑って森のほうへ顔を向けた。

「式神《しきがみ》、飼《こ》うてみたいか？」

「……はい」

森は、ちょっとふて腐れたような、照れ臭そうな顔で頷《うなず》く。河合は、どこか嬉《うれ》しそうに

「よっしゃ」と言った。

「ほな、ここ出たらさっそくテンちゃんの式神探《しきがみ》そうや。そうと決まったら、善は急げや。はよチェックすませてしまお」

　急に張り切った河合は、足を速める。森はつんのめりそうになりつつも、慌てて河合に歩くスピードを合わせたのだった。


　新校舎は完璧《かんぺき》に浄化されており、二人は速やかに小学校を後にした。仕事を終えた術者は、少しでも早く現場を離れるのが、「組織」の規則なのだ。

　森が近くの電話ボックスから早川に任務完了の連絡をしている間、河合はボックスの近くにある自動販売機で、また熱燗《あつかん》のコップ酒を買って、ひとり打ち上げ状態に入っていた。

「報告は終えておきました。これから『組織』の人間が来て、念のため作業終了を確認するそうですが、俺たちは待たなくていいと」

「そっか。お疲れさん。身体《からだ》冷えたやろ。これ飲んで温《あった》まり。で、行こか」

「あ……すみません。行くって、どこへです？」

　差し出された「ホット汁粉」を有り難《あ　がた》く受け取って飲みながら、森は河合に片腕を貸して訊《たず》ねる。

「オレん家《ち》やん。式神《しきがみ》捕まえるんやろ?」

「河合さんのお宅へ、ですか?」

　これまで森は、河合の家へ招かれたことはない。驚いて問い返すと、河合はへらりと笑って頷《うなず》いた。

「うん。ここからそう遠ないねん。今日はお姉ちゃんもいてへんし、気ぃ遣わんでええで。オレ、自分のアパートには別嬪《べっぴん》さんしか上げへんことにしとるしな。テンちゃんは十分資格あるで」

「………タクシーを拾いますか?」

　森は、河合の「別嬪呼ばわり」を敢《あ》えて無視して話題を逸《そ》らした。そして大通りに出てから、流しのタクシーを拾って河合を乗せ、自分も乗り込んだ。

　河合が告げた住所は、小学校と森の家のちょうど中間くらいの場所だった。数分後、タクシーは細い路地沿いにある、古ぼけた木造二階建てアパートの前に停《と》まった。

　黒ずんだ木の壁面には、色褪《いろあ》せた看板が掛かっており、「あさひ荘」と書かれている。

「一階のいちばん奥の部屋やねん」

「わかりました」

　森は暗がりを透かし見ながら、河合の腕を引き、指示された部屋の前に立った。もう午前二時前なので、どの部屋もすでに灯《あか》りが消えている。

河合はジーンズの尻《しり》ポケットを探り、小さな鍵《かぎ》を取り出した。ガチャガチャと鍵を開け、立て付けの悪い扉を力いっぱい引っ張って開ける。

「よっしゃ、入ってや。あ、電気つけんままでな。暗がりに目ぇ慣れてるほうがええねん。転びなや」

「わかりました」

室内は暗かったが、カーテンがついていない窓から月明かりが差し、森は転ばずに部屋の中に上がることができた。

部屋は畳の六畳間が一つきりで、玄関脇《わき》に簡単な台所がついていた。未《いま》だに足付きダイヤル式チャンネル付きの旧式テレビや、円いちゃぶ台。天井からぶら下がっている裸電球。まるで昭和四十年代にタイムスリップしたような空間が、そこにあった。

河合はゴソゴソとバスケットシューズを脱いで部屋に上がると、手探りで座布団《ざぶとん》の上に胡座《あぐら》をかいた。

「ま、好きなとこで楽にし。汚い部屋やけど」

本当に汚いですね、という言葉を喉元《のどもと》で押しとどめ、森は立ったまま河合のつむじを見下ろした。

「式神《しきがみ》を捕まえるんでしょう。早く取りかかりませんか。俺は、朝から学校なんです」

「ああ、せやった。テンちゃんは学生さんやもんな。月の具合はどうや?」

「は？」

「月は出とるか？」

森は怪訝《けげん》そうに首を傾《かし》げつつ、ガラリと安っぽい模様の入った半透明の硝子窓《ガラスまど》を開けた。アパートの裏は小さな川だった。コンクリートで固められた何の情緒もない大きな溝のようなものだが、一応はごく浅く水が流れている。

「まるで『神田川《かんだがわ》』だな」

そんな呟《つぶや》きを口の中で転がし、森は夜空を見上げた。雲一つない真っ黒の空に、卵色の月が低く輝いている。森は、月を見上げたまま、河合の問いに答えた。

「満月とはいきませんが、月はよく見えていますよ。それが？」

河合は満足そうに頷《うなず》き、顎《あご》をしゃくった。

「よっしゃ。ほな、洗面器に水張って、窓の傍《そば》に置き」

「…………？」

首を傾げつつも、森は言われたとおり、台所のシンクに山盛りになった食器やインスタント食品の容器を掻《か》き分《わ》け、ようやく発掘した洗面器になみなみと水を張った。そして、窓際《まどぎわ》の畳の上に手近にあった競馬新聞を敷き、その上に洗面器を置いた。

「置きましたよ？」

「よっしゃ」

河合は獣のように窓際《まどぎわ》の森の横まで這《は》ってくると、また胡座《あぐら》をかき直した。

「そしたら、水に月が映るように、洗面器上手《うま》いこと動かしてみ」

「……水に月が……？　何だっていうんです、まったく」

きちんと説明してくれない河合に焦《じ》れて、森は眉間《みけん》に浅い縦皺《たてじわ》を刻む。だが河合は呑気《のんき》に頭をボリボリ掻《か》きながら、大欠伸《おおあくび》して言った。

「水に綺麗《きれい》に月映したら、それじっと見とるだけや」

「はい？」

からかわれているのかと、森はキッと眦《まなじり》を吊《つ》り上《あ》げた。だが河合はこう続けた。

「やっぱし、テンちゃんに合《お》うた性格の妖魔《ようま》を探したほうが、やりやすいと思うねん。テンちゃん、綺麗なもん好きやろ？　その水に映った月はどうや？」

森は鏡のような水面に映った小さな月をじっと見つめ、素直な感想を口にした。

「まるで、ミニチュアの夜空が洗面器の中に出来上がったようで……美しいと思います」

「せやろ。……妖魔も、いろんな奴《やつ》がおる。根っから残虐な奴もおれば、何やどんくさい奴もおれば、好奇心旺盛《おうせい》な奴もおる。テンちゃんが綺麗やと思う水に映った月に、興味示す奴が、きっとテンちゃんと相性のええ妖魔やと思う」

「そういう……ものですか」

「そういうもんや。……たぶんな」

河合は痩《や》せた肩を竦《すく》めた。

「気配殺して、ずーっと待っててみ。来てくれたらええなあ、て祈りながら」

「……はい」

河合は折りたたんだ座布団《ざぶとん》を枕《まくら》にごろりと横になり、そのまま何も言わなくなった。普段から目を閉じているので、眠っているのかどうかは定かではない。

急に静かになった小さな部屋の中で、森は窓際《まどぎわ》にじっと正座し続けていた。空に輝く大きな月と、洗面器の中で白々と輝く小さな月を見比べ、そしていつ訪れるともしれない、未来の「右腕」をじっと待った。

暖房も何もない室内は、しんと冷えている。体温がじわじわと奪われていくにつれて、心が不思議なくらい落ち着き、澄んでくるのに森は気付いた。外の世界……川面《かわも》や夜風に乗ってフワフワと行き交う常人の目に見えないもの……精霊《せいれい》や小さな妖魔《ようま》たちの存在が、まるで遠くの花畑でも見るように、森の心の目にはハッキリと感じ取れた。

(この中のどれかが……俺の式神《しきがみ》になるんだ)

そう思うと、滅多《めった》にないことではあるが、森の心の中には大きな期待の念が湧《わ》き上《あ》がってきた。寝たふりをしながらサンタクロースを待つ幼子の気持ちというのはこんなものだろうかと、自分がとうとう経験しなかったシチュエーションを想像して、森は口の端《は》に微《かす》かな笑みを浮かべた。

（……来い！　真《ま》っ直《す》ぐ、俺のところへ）

どこにいるかわからない闇《やみ》の生き物に向けて、森は心の中で呼びかけた。一生に一度の出会いを、強く念じる。

そして……。

それまで死んだように動かなかった河合が、むくりと起き上がった。森はギョッとして河合を見る。河合は森の横ににじり寄り、低い声で囁《ささや》いた。

「近づいてきよったこんまいのがおるで。じーっとしとり」

「本当ですか？　俺には何も……」

「ホンマや。オレはテンちゃんの師匠やで？　キャリアが違うわ。ええか、妖魔《ようま》が洗面器の月の真上あたりに来たとき、念の力でひょいっと捕まえるんや。オレの言うてること、わかるか？」

「……たぶん。やってみないと、本当にできるかどうかはわかりませんが」

「できる。校舎丸ごと包める念の強さやで？　ひよっこ妖魔捕まえるんなんか、朝飯前もええとこや。頑張りや」

視覚を失って久しい河合は、人一倍第六感というべきものが発達しているらしい。やがて彼が言ったとおり、森にも夜空からひょろひょろと頼りなく漂いながらこちらへ近づいてくる「もの」の気配が感じられた。

そして、虫食いだらけの窓枠にぺたりと着地したもの。それは、緑色のどろどろしたゼリーのような奇怪な物体だった。

(これが……？　俺の式神《しきがみ》になる妖魔《ようま》か？)

あまりにも小さな……手のひらに余裕を持って載せられるほどのグロテスクなそれに、森はさすがに軽い落胆を覚える。これでは、いくら一生懸命育てても、ろくな式神に育たないのではないかと思ったのだ。

そのゼリー状の実体を持った妖魔は、ずるり、ずるりと窓枠から畳に滑り落ち、アメーバのように動きながら、徐々に洗面器に近づいた。どうやら、気配を殺している森と河合には、まったく気付く様子がない。

森は心臓が口から飛び出しそうにドキドキするのを必死で抑えようと努力しながら、のろのろ動く妖魔の姿を、じっと見守った。

妖魔はやがて、洗面器の側面を這《は》い上《あ》がった。まるで小さな子供が、高い塀に背伸びして摑《つか》まり、向こう側を見ようとするかのように、本体の下端は畳に薄く広がったまま、ゼリー状の身体《からだ》の一部を洗面器の縁に引っかける。

(水に映った月を、覗《のぞ》き込《こ》んでいるみたいだな。こいつは、この月が好きなんだろうか)

アメーバのような妖魔の身体には、無論目などついていない。本当に水に映る月を見ているのかどうかはわからないが、その何とも頼りなく無邪気な姿に、森の胸は得体の知れ

ない、けれど温かいもので満たされていった。

これが自分の式神《しきがみ》になるべき妖魔《ようま》だと、そのとき森は神の啓示を受けたように、そう確信した。

（……おいで）

森は半ば無意識に、利《き》き手《て》である左手に、強い念を込めた。そしてその手を注意深く洗面器に引っかかったままの妖魔へ伸ばした。

深く呼吸を整えてから、森は素早く妖魔を摑《つか》んだ。柔らかく、しかし念の力で妖魔をきつく封じて。次の瞬間、妖魔はくねくねと力なく蠢《うごめ》きながら、森の手の中にいた。氷のように冷たい、そして少し力を込めれば潰《つぶ》してしまいそうに軟らかい物体である。

「……あ」

「ようやった。これでこいつは、テンちゃんのもんや。せやけど、何や迫力ないなあ、こいつの気は。……まあええわ」

河合はへらりと笑いながら、次のステップを指示した。

「ほな、そいつに名前つけたり」

「名前、ですか？」

「せや。その名前で、こいつを縛るんや。……ま、縛るいうたら剣呑《けんのん》やけど、ペットには名前が必要やろ？　そういうことやと思て」

「はあ……」

森は、手の中にある頼りない妖魔《ようま》の姿をしげしげと見遣《みや》り、そして数分間考え込んだ揚げ句、真面目《まじめ》な顔でこう言った。

「小一郎《こいちろう》、にします」

河合は、眉《まゆ》をハの字にする。

「えっらいクラシックな名前やなあ。テンちゃんやったら、かっこええ横文字の名前つけると思ててんけど」

「変ですか？」

「いや、べつにええけど。せやけど何で『小一郎』なんや？」

「俺の初めての式神《しきがみ》で、しかもこんなに小さく弱い妖魔だからです」

森はどこか誇らしげにそう言った。河合は、楽しげに笑った。

「はっはっは、そらええわ。いかした名前や。さて、ほな、そいつに自分の名前を教えたり。そんで、その名前と一緒に、住まいを与えたり」

「住まい？」

「せや。式神は、何かに宿って生きるもんなんや。何でもええねんで、紙切れでも、何や入れ物でも」

「住まい……ですか」

森は軽く首を傾《かし》げて考えを巡らしていたが、やがて少し悪戯《いたずら》っぽい表情になった。空いている右手でジーンズのポケットを探り、小さな人形を取り出す。それは、森の所属するアーチェリー部が学園祭で販売する手作り人形「えいむ君」だった。白と黒のタオル地でできた、クタクタに軟らかい羊人形である。

「ちょうどいい人形がありました。学園祭のときクラブで売るものなんですが、もし仕事前に時間があったら、仕上げに首にリボンを巻いてやろうと思って持っていたんです」

「ははは、そらええわ。可愛《かわい》い動く人形ができるで」

べつにそんなものがほしかったわけじゃないんだが、というぼやきの言葉とは裏腹の嬉《うれ》しそうな顔で、森は厳かに宣言した。

「お前の名前は、今日から小一郎だ。そしてお前は、この人形の中で暮らす」

シュルルル……。

何とも気抜けする音を立てて、緑色の妖魔《ようま》は羊人形の中に染《し》み込《こ》んでいった。次の瞬間、森の手のひらの上で、羊人形がピョンと起き上がる。お尻《しり》を森の手のひらにつけ、真《ま》っ直《す》ぐ背筋を伸ばして前足をぶんぶん振り回す。どうやら、捕まえられたことにややご立腹らしい。

そのコミカルな動作に、森は思わず小さな笑い声を立ててしまった。河合もニコニコして言った。

「よかったなあ、テンちゃん。えらい嬉《うれ》しそうやん。オレも嬉しいわ」

「……あ……」

もし河合の目が見えていたなら、その瞬間、森の頬《ほお》が真っ赤になったのがわかっただろう。……いや、見えていなくても、河合ならそれを感じ取っていたかもしれないが。

「と、とにかく。今日のところはこれで」

森は赤い顔のまま、人形を握ってすっくと立ち上がった。片手で洗面器を持ち、台所で水を乱暴に捨ててしまう。河合は、くつくつと笑いながら立って、窓を閉めた。

「せやな。明日学校やったら、はよ帰り。テンちゃん家《ち》までは歩いて十五分くらいや。道、わかるか？」

「おそらく」

「気ぃつけてな。……そんでその式神《しきがみ》、しばらくは赤ちゃん状態やけど、気長に育てや。生まれたての子猫でも拾った気分で、優しゅうしたり」

「……わかりました。いろいろありがとうございました」

「こっちもな。お疲れさん」

「お疲れさまでした。失礼します」

森はクールな顔を取り繕い、いつもの無愛想な声で挨拶《あいさつ》をして河合の部屋を後にした。

ひとりで暗い夜道を歩きながら、手のひらの上でバタバタと暴れる羊人形の……手に入れたばかりの式神《しきがみ》、小一郎の小さな頭を指先で撫《な》でてやる。

途端に、人形は動きを止めた。黒いボタンの両目で、じっと森を見上げる。……実際に見ているのは人形の中の妖魔《ようま》なのだが、まるで人形自体に命が宿ったように森には見えた。

「小一郎。……約束する。お前が自由を失ってもそれ以上に収穫があったと思えるように、俺は努力する」

森の言葉の意味がわかっているのかいないのか、羊人形は愛らしく頭を傾ける。森は囁《ささや》き声《ごえ》で続けた。

「俺は、お前が主人として誇るに値する術者になる。お前を強い式神に育ててみせる。だから、一緒にいてくれないか？　俺の……初めての式神になって、俺と一緒に暮らしてみないか？」

妖魔に人間の言葉は通じないだろう。だが、気持ちは通じるはずだ。そう思った森は、真摯《しんし》に語りかけた。

すると……。

軽く小首を傾《かし》げて森の言葉を聞いていた妖魔は、くったりした黒いタオル地の前足をゆっくりと上げた。その前足で、森の親指の腹を、ぺしぺしと叩《たた》く。

「……あ……」

それは、妖魔《ようま》が森を受け入れてくれたというサインのように、森には思えた。いつもは「クール・ビューティ」と称される冷たく表情の乏しい顔に、誰にも見せたことのない柔らかな笑みが広がっていく。

これから長い時を共に過ごすことになる術者の卵と新米式神《しきがみ》は、こうして出会い、最初の主従としての契約を交わしたのだった……。

3

その夜。日付が変わって間もない時刻に、森《しん》と敏生《としき》、それに河合《かわい》は「東京タイムスリップパーク」のエントランス前にやってきた。

閉園前は様々な電飾で昼間のように明るかったそこも、今はまばらな外灯に照らされているばかりで、何とも物寂しい。

「お待ちいたしておりました。こちらへ」

まるで闇《やみ》の中から湧《わ》いたように、早川《はやかわ》が姿を現した。こうしたときでも、早川はいつものスーツ姿である。

(スーツはサラリーマンの鎧《よろい》、というわけか)

そんなことを考えながら、森は早川に歩み寄った。

「準備は?」

簡潔な問いに、有能なエージェントは即座に答える。

「本日は、アーケードとエンシェント・ゾーンを浄化されるとお聞きしております。これから三時間、そのエリアには誰も近づかないように手配しております」

「よし。では、仕事にかかるか」

「はいっ」

「よっしゃ」

敏生と河合も頷《うなず》く。三人は、歩き出した早川の後についていった。

蔓薔薇《つるばら》の模様があしらわれた大きな門扉《もんぴ》はしっかりと閉ざされ、入場券売り場の裏にひっそりとある関係者出入り口の扉が開いていた。一同は、そこから園内に入る。

「うわあ……何だか怖いみたいだ」

アーケードに一歩踏み込むなり、敏生は、周囲を見回してそんな呟《つぶや》きを漏らした。昼間はあれほど賑《にぎ》わっていた広い通路が、今は彼ら以外誰もおらず、ガランとしている。浄化しやすいように、店の入り口だけがすべてきちんと開けてあるのが、まるで突然人が消えたゴーストタウンのように見えて、かえって不気味だった。

ヒュウウウウッと音を立てて、北風がアーケードを吹き抜けていく。敏生は、ジャンパーの上から毛糸のマフラーをグルグル巻きにして、顎《あご》を埋《うず》めた。手には、かつて森が入院中の暇つぶしに編んだミトンをはめている。そしてモスグリーンのニットキャップを被《かぶ》り直《なお》した敏生は、ちょっと嬉《うれ》しそうに微笑《ほほえ》んだ。それは、森からのクリスマスプレゼントだったのだ。

傍《かたわ》らに立つ森の首にも、敏生がプレゼントしたワインカラーのマフラーが巻かれている。敏生がそれを何の気なしに見ていると、森はロングコートのポケットから、愛用の革手袋を出し、両手にはめた。手の甲に、銀糸で縫い取られた小さな五芒星《ごぼうせい》が浮かび上がる。敏生も慌てて気持ちを引き締めた。

「アーケードから取りかかられますか?」

「そうだな」

早川の問いかけに森が頷《うなず》いたとき、それまで低く鼻歌を歌っていた河合が口を開いた。

「ここくらいは、オレに任せとき」

「河合さんが? ひとりでですか?」

敏生はビックリして目を見張る。確かに、パークのゾーン丸ごとに比べればずいぶん小規模ではあるが、それでもパレードの山車《だし》が余裕で通れるくらい広く、そして長い通路なのだ。

だが河合は、こともなげに頷き、ずり落ちかけた眼鏡《めがね》を指で押し上げた。

「オレはテンちゃんの師匠やでー。一応まだしばらくは現役でおるつもりやし、ちーとくらいは働かんとな。腕鈍《なま》ってしまうわ」

「いいんですか?」

森は気遣わしそうに河合を見る。だが河合は、両手の指をボキボキ鳴らしてから、片手をヒラヒラと振った。

「ええて。今日はよう冷えるし、はよすまして風呂《ふろ》入って寝よや。テンちゃんと琴平《ことひら》君は、先に行っとき」

「そうですね。ではここは、わたしがおつきあいいたしましょう。と言っても、見ているだけですが」

早川も、柔和な笑顔で言葉を添える。自分を見上げる敏生に頷《うなず》いてから、森は言った。

「では、ここは河合さんにお任せします。早川。何かあったらすぐ知らせてくれ」

「は、承知いたしました」

「えらい信用ないなあ。オレもまだまだ現役やで、テンちゃん。ほれ、行き」

心配性な森に、河合は目尻《めじり》を下げて苦笑いしつつ、二人をその場から追い払った。

「河合さん、大丈夫かな」

敏生はエンシェント・ゾーンへの階段を下りながら、心配そうに背後を振り返る。森はコートのポケットに両手を突っ込み、薄く笑った。

「大丈夫だよ。あの人はすぐサボるが、本当は凄腕《すごうで》の術者なんだ。自分で言っていたとおり、あの人はまだ俺の『師匠』だよ」

「いつもはなまけてるのかあ……」

敏生は呆《あき》れ顔《がお》になる。森はツカツカと迷いのない足取りで、エンシェント・ゾーンの中へと歩いていった。敏生も急ぎ足でその後を追う。

おそらく、光が調伏《ちょうぶく》の邪魔になるからだろう。ゾーン内の外灯は、すべて消灯していた。森と敏生は、闇《やみ》に慣れた目で、注意深く歩いていく。

営業時間内に同じ場所を歩いた敏生には、今の暗さと静けさが、何か酷《ひど》く不気味なもののように思えた。昼間は注意していないと感じられなかった妖気《ようき》が、そこここから立ち上っているのがわかる。

（そうか……。何だか今、初めてホントにわかったような気がする。ガランとしてて冷たくて、暗くて……ここが雑霊《ざつれい》の住《す》み処《か》になっちゃう理由が）

途端に寒気がして、敏生はブルリと身を震わせた。まだ幼い頃、両親に連れられて地元の遊園地に行ったことがあるが、そこもあるいは雑霊の巣窟《そうくつ》だったのかもしれないと思うと、たまらない気分になった。

（ここに来る人たちが霊障《れいしょう》を受けないように、僕らが頑張らなくちゃいけないんだ）

そんな決意を新たに、敏生は精神を落ち着かせようと努力しつつ、足を速めた。

森が足を止めたのは、「ティラノ・パビリオン」の前だった。他のアトラクションもすべてそうだったように、本来はしっかりと施錠されているはずのアトラクション入り口の扉が、昼間と同じように大きく開け放たれている。

「ちょうど、ここがゾーンの中心部に当たる。調伏《ちょうぶく》を始めよう」

「はい。……天本《あまもと》さん、これは」

敏生は、あの和紙のチョウチョがギッシリ詰まった紙袋を軽く持ち上げ、森の顔を見

た。森は、虚空《こくう》に向かって鋭く呼びかけた。

「小一郎《こいちろう》」

「……お傍《そば》に」

たちまち、黒衣の青年が、森の前に跪《ひざまず》く。森の忠実な式神《しきがみ》、小一郎の姿だ。

(今はこんなにかっこいいのに、最初は緑色のスライムだったんだよね、小一郎って)

先刻の話が甦《よみがえ》り、敏生は思わず吹き出しそうになって、慌てて片手で口を押さえた。

そんな敏生には気付かない様子で、小一郎は精悍《せいかん》な口元をギュッと引き結び、主人の命令を待っている。

「式神たちの準備はいいか」

森は、革手袋の手のひらに小さな紙のチョウチョを載せ、それを伏し目がちに見ながら訊《たず》ねた。小一郎は、畏《かしこ》まって答える。

「はっ。依代《よりしろ》と風を頂けますれば、いかに小さな雑霊《ざつれい》といえども、我ら決して逃しはいたしませぬ。一匹残らず喰《く》らい尽《つ》くしてみせまする」

「頼もしいな。では、風を頼む、敏生」

急に役割を与えられ、敏生は驚いて問い返す。

「風?」

森は右眉《みぎまゆ》を撥《は》ね上《あ》げ、皮肉っぽい口調で言った。

「もう先ほどの話を忘れたのか？　何の目的もなしに、延々と昔話をしたわけじゃないぞ」

「あっ。わかりました！　僕が、河合さんの貘《ばく》の代わりをすればいいんですね？」

すぐに森の意図を察した敏生に、森は満足げに頷《うなず》いた。

「ああ。式神《しきがみ》たちの指揮は小一郎が十分にやってのけるだろう。君は、式たちが広いゾーン内へまんべんなく飛び立てるよう、風を起こしてやってほしい。できるかい？」

「はい。やってみます」

敏生は幼い顔をやや緊張させ、コクリと頷《うなず》く。森も頷き返し、両手の拳《こぶし》を強く握り込んだ。パキリと乾いた音が聞こえる。

森が結界を張ろうとしていることを察し、敏生は森から少し離れた。小一郎も立ち上がり、敏生の隣に立つ。

「臨《りん》、兵《ぴょう》、闘《とう》、者《しゃ》、皆《かい》、陣《じん》、列《れつ》、在《ざい》、前《ぜん》！」

呼吸を整え、すっと左手を真《ま》っ直《す》ぐ挙げた森の口から、裂帛《れっぱく》の気合いが発せられた。それと同時に、手刀が鋭く闇《やみ》を切り裂く。森を中心として、空気がみるみるピンと張りつめていくのを、敏生は肌で感じていた。

「ノウマクサンマンダ・バサラダンセン・ダマカロシャダソワタヤ・ウンタラタカンマン！　オン・キリキリ、オン・キリキリ……」

森の指は、手袋をしているとは信じられないほど素早く、そして的確に、複雑な印を次々に結ぶ。澱《よど》みない真言《しんごん》と共に、徐々にエンシェント・ゾーン全体に「念」の網が張り巡らされていった。

無言でそれを見つめていた敏生と小一郎だが、やがて小一郎が寂《さ》びた声で言った。

「我らの出番だぞ、うつけ」

「わかってる。いい？　小一郎」

「俺はいつでもいい。すでに式《しき》どもは、結界内に待機させている」

小一郎はぶっきらぼうに言って、組んでいた腕を解《ほど》き、顔の前で交差させた。それまでハッキリしていた小一郎のシルエットが、ゆらゆらとぼやけ始める。敏生の起こす「風」に合わせて、姿を変えるつもりなのだろう。

敏生は、一度目をつぶり、心を落ち着かせた。右手で、胸から下げた守護珠《しゅごじゅ》をギュッと握り込む。

龍の血で磨かれたという小さな水晶の球体は、中に不滅の青い炎を宿している。その炎が発する熱が、手のひらから、敏生の全身にゆっくりと広がっていった。

（母さん。……そして、この珠《たま》に宿った古い魂たち。どうか、僕に力を貸してください）

敏生は静かに祈った。

（精霊《せいれい》たちを呼ぶ力を、僕に……）

球体が発する熱は、穏やかな力の波となって、敏生の身体《からだ》を優しく満たした。敏生はゆっくりと目を開けた。その瞳《ひとみ》は、微光を放つ菫《すみれ》色《いろ》に変わっている。それは、敏生の精《せい》霊《れい》の血が目覚めた証《あかし》だった。

（エンシェント・ゾーンに暮らしてる僕の友達……。風の精霊たち、どうか力を貸して。この紙のチョウチョたちを、ゾーンのあらゆるところに運んでやってほしいんだ）

敏生の両腕が緩やかに、そしてしなやかに上空へと伸ばされる。その口から、不思議な音が放たれた。小鳥のさえずりのようなその声は、高く低く、奇妙ではあるがどこか懐《なつ》かしい旋律を奏《かな》でていく。

その調べに引き寄せられるように、ゾーン内のあちこちから精霊たちが敏生のもとへ集《つど》っていくのを、小一郎はじっと見ていた。

——いいよ、蔦《つた》の童《わらべ》。

——おやすいご用よ。その代わり、この厄介な結界を、とっとと取っ払っちゃってよ。私たちまで閉じ込められちまって、息苦しいったら。

——さあ、どれを飛ばせばいいの？

遊び好きな風の精霊たちが、敏生の髪を揺らしながら口々にいろいろな言葉を囁《ささや》いていく。敏生は優しく微笑《ほほえ》み、地面に置いていた紙袋をひっくり返した。和紙で作った小さなチョウチョを、すべて地面にぶちまける。

（行くよ、小一郎）

心の声に、打てば響くような答えが返る。

──心得た。

（お願い、風の精霊《せいれい》たち！）

敏生は、願いと共に、両腕を力いっぱい広げた。そのまま、みずから風を起こすかのように、緩やかに一回りする。

次の瞬間、敏生を包み込み、そしてするりと離れていった風は、かつて河合の貘《ばく》が起こした竜巻のような突風ではなかった。木枯らしのように強く冷たくはあっても、どこか優しい……精霊たちが起こしたそんな風は、地面にうずたかく積もったチョウチョたちを、一つ残らずフワリと上空に巻き上げた。

──行くぞ、者ども！

号令をかけると同時に、小一郎は己の姿を一羽の鳶《とび》に変えた。小一郎が敏生の頭の上でぐるりと輪を描いて飛ぶと、その軌跡がキラキラと小さな光の粒になった。輝く粒の一つ一つが、白い和紙のチョウチョに飛び込んでいく。依代《よりしろ》である蝶《ちょう》に式神《しきがみ》が宿ったのだ。

精霊たちの風に乗って、たくさんの仄《ほの》かに光るチョウチョが、ゾーンのあちこちへヒラヒラと羽ばたきながら飛んでいく。そのすべてを見守るように、鳶は甲高《かんだか》い声で鳴きながら、凄《すさ》まじいスピードでエンシェント・ゾーンの上を飛び回った。

やがて、鳶色《とびいろ》の瞳《ひとみ》に戻った敏生は、微《かす》かな声で呟《つぶや》いた。

「凄《すご》い……。どんどん妖気《ようき》が薄れていく……」

「式神《しきがみ》たちが、あちこちに潜んだ雑霊《ざつれい》を見つけ出し、どんどん喰《く》らっているんだ」

いつの間にか敏生の傍《かたわ》らに来ていた森が、低い声で言った。そして森は、夜空を仰いだ。

「式神の放つ光は、時に美しいものだよ。……見ていてごらん」

敏生も、森の視線の先を追う。

「……あ！」

敏生の薄く開いた唇から、微かな声が上がった。

いったんはゾーン内のあちこちに散った小さな光が、やがて一つ、また一つと空中に浮き上がってきた。それらは淡い金色の光を放ちながら、森と敏生の頭上にゆっくりと集まる。

「終わったようだな」

森は両手の手袋を外し、左手の指をパチリと鳴らした。張り巡らされていた結界が、すうっと消えていく。突然現れた低い星空のような美しい瞬《また》きに、敏生は心奪われ、ただもう澄んだ瞳を輝かせるばかりだった。

ピイィーッ！

ひときわ高く鳴いて、鳶《とび》は森の頭上で小さな円を描く。それに従い、白いチョウチョたちは、グルグルと緩い渦を巻き、そして羽ばたきながら、順番に敏生の足元にある紙袋へと飛び込んだ。

ババババサと紙が擦《こす》れる音がして、たちまち紙袋は元通り、和紙のチョウチョでいっぱいになった。蝶《ちょう》たちは、もはや光を発せず、動きもしない。雑霊を喰《く》らい、腹がくちくなった式神《しきがみ》たちは、依代《よりしろ》を離れ、ねぐらへ……あの森の家のクスノキの大木へと戻っていったのだ。

「凄《すご》い……。前に、天本さんが四国《しこく》で蛾《が》の妖《あやか》しを退じるときに、お札と式神を使ってたけど、こんな広いところにも使えるなんて。凄いですね」

敏生は感心しきりで、森の顔と紙袋の中の今はただの紙にすぎないチョウチョを見比べる。森は、上空に向かって、忠実な式神の名を呼んだ。

悠然と高い空を飛んでいた鳶がたちまち舞い降り、森の前に人間の姿で畏《かしこ》まった。森はまだ厳しい声で訊《たず》ねた。

「首尾は？」

小一郎は、片手を地面につき、深く頭《こうべ》を垂れたまま答える。

「主殿《あるじどの》の式神の名に恥じぬ働きができたと、自負しておりまする」

「ご苦労だった。下がっていい」

「はっ」

字面《じづら》にすれば素っ気ない、しかし労《いたわ》りのこもった森の言葉に、小一郎は一層深く頭を下げ、そのままフッと姿を消した。

だが、小一郎は他の式神《しきがみ》たちのようにクスノキに戻ったのではなかった。その証拠に、敏生のジーンズの太腿《ふともも》を、パフッと柔らかく叩《たた》くものがある。それは、羊人形の前足だった。敏生に、自分がそこにいることを知らせたかったらしい。

「お疲れさま、小一郎」

敏生はそう言って、羊人形の軟らかい頭を、指先でちょいと撫《な》でてやった。無論その指は、頼りないタオル地の前足で、ぺしぺしと払いのけられたのだが。

「さて、戻ろうか」

森がそう言って紙袋を手に取ったとき、二人の背後から声がかかった。

「ようよう結界解いてもらえたか。入れんと、二人でぼさーっと待ってたんやで」

見れば、河合と早川が、森と敏生のすぐ傍《そば》まで歩み寄っていた。

「早川さん、河合さん！　アーケードのほう、もう終わっちゃったんですか？」

敏生の声に、河合はいつものようににんまり笑って頷《うなず》いた。その拍子に、丸い伊達眼鏡《だてめがね》がズルリと落ちる。それには構わず、河合は大儀そうに両手で腹をさすった。

「速攻や。たつろうが掃除機みたいにガバガバとアーケードじゅうの雑霊《ざつれい》吸い込みよったとんのになあ」

から、もう腹パンパンやで。いつも、健康のためには腹八分目がええで、て言うて聞かせ

「実にお見事な腕前でございました。……こちらも、首尾よくいったようですね」

早川は周囲を見回し、にこやかに言った。まずは初日の浄化が上手《うま》くいって、一安心しているのだろう。森は頷《うなず》いて言った。

「ああ。久しぶりにしては上手くいった。封じの札は、俺と敏生で貼《は》って帰る。早川、河合さんを先に連れて帰ってくれ」

「かしこまりました」

「ええんか？　悪いなあ。たつろうが満腹になってしもたから、オレはもうここでは役立たずやしな。帰って先寝とるわ」

「そうしてください。では行くか、敏生」

「はいっ。おやすみなさい、早川さん、河合さん」

「おやすみなさいませ、お二人とも。では、明日も同じ時刻に同じ場所で」

「おやすみなー。寒いから、風邪《かぜ》引きなや」

そんな言葉を残し、早川と河合は引き揚げていく。森と敏生は、浄化の最後の段階……つまり、雑霊調伏《ざつれいちょうぶく》が終了したゾーンの何か所かに、雑霊よけの符を施していく作業に移った。

アトラクションの人目につかない場所にひっそりと符を貼《は》り付《つ》けながら、森はふと口を開いた。

「式神《しきがみ》たちを使った大規模な調《ちょう》伏《ぶく》はどうだった？」

敏生はニコニコして答える。

「凄《すご》かったです。何だか、こんな表現が正しいかどうかわかんないけど、小さくて可愛《かわい》いチョウチョの大群が、次の瞬間にはプラネタリウムになったみたいで。やってることは妖《よう》魔《ま》が雑霊《ざつれい》を食べてるなんてちょっと怖いことなのに、物凄く綺麗《きれい》でした」

森は、短い真言《しんごん》を唱えて符を壁面に貼り付けてから、振り向いて闇《やみ》を透かすように敏生の顔を見た。

「君も……あの夜の俺のように、自分の式神がほしくなったかい？　だったら……」

「いいえ」

森はからかうようにそう言いかけたが、敏生はきっぱりとそれを遮った。森は意外そうに眉《まゆ》を顰《ひそ》める。

「何故《なぜ》、そんなにはっきり拒否する？」

「だって……」

敏生は森のすぐ前に立って、その端正な顔を見上げた。

「僕には、小一郎がいますから」

——たわけ。俺はお前の式神《しきがみ》ではないぞ！

すぐさまそんな声が頭に響いたと思うと、ジーンズのベルト通しにぶら下げた羊人形が、四肢をバタバタさせて抗議する。敏生はクスクス笑いながら、言葉を継いだ。

「小一郎は天本さんの式神です。それはわかってます。……でも、何ていうのかな。僕は式神を育てられるような人間じゃないっていうか……十年前の天本さんみたいに、まだ自信持てないから」

「敏生、それは……」

何か言いかけた森の唇に人差し指を当てて黙らせ、敏生は穏やかな声で言った。

「ごめんなさい。ワガママ言わせてください。僕、もう少し育てられる立場でいたいんです。小一郎は僕にとっては弟っていうか双子の片割れっていうか……ああ、怒らないでよ小一郎。じゃあお兄さん。それならいいよね？」

暴れまくる羊人形を片手で宥《なだ》め、敏生は話を続ける。

「天本さんからも、天本さんが大事に大事に育てた小一郎からも、僕は毎日いろんなことを教えてもらって……。天本さん家《ち》に来てから、自分がうんと成長したってわかるんです。そしてそのことが凄《すご》く嬉《うれ》しい」

「敏生……」

「だから、もう少し小一郎と一緒に、僕のことも育ててくれませんか？　僕、確かにいつか自分の式神《しきがみ》を持ちたいけど、そのためにはもう少し、自分の生き方に自信を持てるようになりたいんです」

真摯《しんし》に語る敏生の瞳《ひとみ》が、闇《やみ》に慣れた森の目にはキラリと光って見える。森は、そんな敏生の温かな頬《ほお》に片手で触れ、そして穏やかに言った。

「わかった。なら、そのときにまた言ってくれればいいさ。……だが、これだけは言わせてくれ」

「な……何ですか？」

森は軽く身を屈《かが》め、敏生の額に軽くキスした。そして静かに、けれどきっぱりとこう告げた。

「君は少しも自覚してないんだな。君が俺をどれだけ変えてくれたか。生ける死人のようだった俺に、この世界の美しさを再び見せてくれたのは君だ。……誰かを愛する喜びを、俺に思い出させてくれたのも君だ」

「天本さん……」

敏生の鼻先に、森の絹糸のように艶《つや》やかな髪が掠《かす》める。森の身体《からだ》からは、仄《ほの》かにコロンが匂《にお》った。その香りに、敏生の心臓がどきんと跳ねた。

「君はもっと自分に自信を持っていい。君だって、立派に俺を育ててくれたよ」

森は、そのまま敏生の華奢《きゃしゃ》な身体をギュッと抱いた。敏生の耳元に、低く囁《ささや》く。

「一つ、秘密を教えようか。君が今はまだ式神《しきがみ》がほしくないと言ってくれて助かった。一応、師匠の義務かと思って訊《き》いてはみたがね」

敏生は、森の柔らかなコートに頬《ほお》を押しつけられたまま、森の表情が見られないことを悔しく思いながら訊《たず》ねた。

「どうしてです?」

「わからないか?」

森の声には、ちょっとおどけた調子があった。それは、彼が照れていることをこっそり敏生に教えてくれるサインである。

「わかりません。ちゃんと言ってください。どうしてです?」

だから敏生は、森の背中に両腕を回し、素直に問い返した。森が、何か嬉《うれ》しい言葉をくれようとしていることが、敏生にはわかっていたのだ。

しばらく黙って敏生を抱き締めていた森は、やがて少し腕を緩め、敏生の顔を至近距離で見つめた。その眼差《まなざ》しの優しさに、敏生は魅入られたように目が離せない。

「君が、手に入れた式神に夢中になってしまったりしたら、俺が面白くないからさ」

早口にそう言うと、森は照れ臭そうに目を細めた。そして、自分の子供じみた告白に対するコメントを聞かずにすむように、敏生の唇を自分の唇でしっかりと塞《ふさ》いでしまったのだった……。

間奏　十二月二十七日の秘密

翌日の午後二時過ぎ。式神《しきがみ》特急を利用して「タイムスリップパーク・ホテル」に駆けつけた……といえば聞こえはいいが、要は森《しん》たちの部屋に投げ落とされた龍村《たつむら》が最初に見たものは、広いリビングのソファーに寝そべり、いかにも気怠《けだる》げに本を読んでいる森の姿だった。

ドスンという重量感溢《あふ》れる音と共にリビングの真ん中に尻餅《しりもち》をついた龍村を見て、森は本から視線を上げ、皮肉っぽい口調で挨拶《あいさつ》の言葉を投げかけた。

「相変わらず騒々しいお越しだな、龍村さん」

「馬鹿野郎。それはお前の式神君に言え。まったく、どうして親の敵《かたき》の如《ごと》く放《ほう》り投《な》げていくかな、小一郎《こいちろう》の奴《やつ》は」

虹色《にじいろ》のセーターにモスグリーンのチノパン姿の龍村は、こっぴどく打ちつけられた尻を片手で撫《な》でながら立ち上がった。森は、面倒臭そうに起き上がり、本をさっきまで頭があったところに置く。

龍村は、ソファーに歩み寄りつつ、不思議そうに部屋の中を見回した。

「琴平《ことひら》君は？　まさか、昼寝じゃないよな。それともひとりでタイムスリップパークへ行っちまったのか？」

「まあ座れよ。昼飯は食ったのか？」

「監察医務室の近くに、旨《うま》い蕎麦屋《そばや》があるんだ。そこで食った。……もっとも、旨いのは蕎麦より味噌《みそ》カツ重《じゅう》なんだが。お前は？」

「コーヒーに砂糖を山ほど入れて飲んだ。調伏《ちょうぶく》の仕事をしている間は、あまり腹が減らないんだ。食い過ぎると気が鈍る」

森は立ち上がり、カップボードから茶器を取り出した。龍村はどっかとソファーに腰掛け、改めてリビングルームを隅々まで眺めた。

「それより、その蕎麦屋の話は、迂闊《うかつ》に敏生《としき》にしてくれるなよ。次に神戸《こうべ》へ行く用事ができたとき、絶対にそこで飯を食うと言って聞かなくなるからな」

「はは、違いない。……で、琴平君は？」

「今朝、あいつの携帯に連絡があってね」

森は、湯呑《ゆの》みを二つテーブルに置き、龍村の向かいに腰を下ろした。長い足を緩く組む。龍村は、熱くて濃い緑茶を啜《すす》りながら、先を促した。

「もったいつけてないで、さっさと言えよ」

「べつにそんなつもりはない。どうも、敏生が世話になっている画家の先生が、急に体調を崩して入院したらしい。他の弟子から連絡があった。敏生はその人の末弟《ばってい》だ。すぐに帰れない距離ではないし、知らん顔はできまい」

龍村は意外そうな顔をした。

「ほう？　行かせたのか。こっちも仕事中だろう？」

森は小さく肩を竦《すく》め、こともなげに言った。

「躊躇《ため》っていたが、行かせたよ。仕事といっても、敏生は俺の助手だ。独り立ちしていればそうもいかないが、助手が一日抜けたくらいの穴は、俺がどうにでもできる。だが、恩人への不義理は一生の後悔になりかねないからな」

「なるほど、正論だな。仕事にかまけて、人の道を外しちゃいかん。では、彼はここでリタイアか？」

「さてね。見通しがついたら連絡するように言っておいた。明日には帰ってくると言って飛び出していったが、事情が事情だ、どうなるかはわからないな。今回に関しては、向こうの用事を優先させるつもりだから」

ふうむと唸《うな》った龍村は、ふと訝《いぶか》しげに周囲を見回した。

「河合《かわい》さんは？　来ているんじゃなかったのか？」

森は苦笑いして答えた。

「昨夜《ゆうべ》、ひと働きしてくれたからな。今日はオフを決め込んで、どこかへ行ってしまったよ」

「やれやれ。相変わらずの怠け者ぶりか」

「そう言うな。昨夜手伝ってくれただけでも、ずいぶん助かったんだ」

「そうだろうとも」

社交辞令丸出しの口調で軽く受け流し、龍村は立ち上がった。大きな窓から、パークを見下ろす。

「それで？　お前も今日はオフにしたのか？　こんなところで呑気《のんき》に本なんか読んで」

「まさか」

森は顰《しか》めっ面《つら》で龍村を軽く睨《にら》んだ。

「あんたが来ると言って寄越したから、待っていたんじゃないか」

龍村は意外そうに太い眉《まゆ》をちょっと上げた。

「ほう？　そりゃ光栄だな。だが、僕は術者じゃないぜ？　浄化とやらの手伝いができるとは思わないがな」

「浄化の手伝いなど期待していないさ。今夜は俺ひとりで何とかする。……だが、その、つまり……だな。問題はそっちじゃないんだ」

森は席を立って龍村の横に立ち、気まずげに外を眺めて小さな咳払《せきばら》いをした。

「下見がネックなんだ。あそこに俺がひとりで行ってはいかにも不審だろう。だからあんたを待っていた」

「な、なるほど。あっはっはっは！　お前がひとりであそこに立ってりゃ、警備員につけ回されるぜ、爆弾でもしかけに来たんじゃないかってな！」

龍村は愉快げに笑いながら、ふと真顔に戻って森を見た。

「待て。で、僕を待っていたってことは、下見につきあえってことか？　お前ひとりよりは少しマシだろうが、いい年の野郎二人で遊園地ってのも、相当に不審だぜ？　琴平君となら、それなりに微笑《ほほえ》ましく映るだろうが」

森は嫌そうに頷《うなず》く。

「だが、他に誰もいないんだから仕方あるまい。あんたが嫌だと言うなら、致し方ない、ひとりで行くが」

龍村は、自分と森の姿をしげしげと見てから、アメリカ人のように両腕を広げ、肩を竦《すく》めた。

「よかろう。せっかく来たんだ、喜んでつきあうさ。たまには童心に返るのもいいだろうし、ま、旅の恥は掻《か》き捨《す》てというからな！」

「……修学旅行以来、二度目の掻き捨てだな」

「うむ」

龍村は、ニヤリとして森の端正な顔を見た。

「まあ、修学旅行のときよりは楽そうだな。お前は寝ぼけてなくて、自分の足でさくさく歩いてくれそうだし」

「……もうそれは言ってくれるなよ。支度をしてくる」

森はいかにも気恥ずかしそうに、逃げるように寝室へと入ってしまった……。


「何だ、この間抜けな代物は。いつの間にこんなものができた？」

エントランスで昨日の森と同じような感想を口にしつつも、龍村は面白そうに真っ赤なホルダーを首から提げた。懐《なつ》かしそうに仁王《におう》の目を細め、場内のあちこちを眺める。

「お前は昨日も琴平君と来たんだろう？　やっぱり懐かしかったか？　それとも前回は寝ぼけていて、記憶がないか？」

「馬鹿にするな。あのとき、あんたは二日しか来ちゃいないが、俺は三日通ったんだ。嫌でも覚えているさ」

「なるほど。それもそうだな」

二人は肩を並べ、アーケードに入っていった。

今日も、園内は子供連れの母親たちや、地方から観光に来たらしき団体客たち、それに若いカップルたちで賑《にぎ》わっている。当然のことながら、いわゆる労働年齢層の男性はほとんど見受けられない。

　当然ながら、森と龍村の二人連れは、ただ歩いているだけで十分に人目についた。そこへもってきて、二人とも大柄で、本人たちは意識していなくても、相当にいわゆる「男前」なのだ。付け加えれば、森の服装はグレーが基調のいたって地味な服装だが、龍村のほうは、イタリア人でも着こなせないような虹色《にじいろ》セーターに、オレンジ色の革ジャンを羽織るという殺人的に派手《はで》な出《い》で立《た》ちだ。キャラクターの取り合わせの奇妙さも手伝い、パークの入り口部分に当たるアーケードにして既に、二人は人々の注目の的だった。

　森は人目を気にして居心地悪そうな様子だったが、龍村はそんな些末《さまつ》なことを気にする男ではない。両側に並ぶ店を興味深そうに眺めながら、大股《おおまた》に歩いていく。

「むう、雰囲気は修学旅行のときと変わらんが、さすがに店の品揃《しなぞろ》えはすっかり変わっているようだな。見ろよ、恐竜の絵柄の菓子缶が、あんなにたくさん並んでいるぞ」

　指さされたショーウインドウを、森はあからさまに関心のない目で見遣《みや》った。

「土産物の品揃えなんていちいち覚えていないよ。まったく、あんたはマメだな」

「はは、土産は買うのも貰《もら》うのも大好きだからな。ところで、今日はどこで仕事をするんだ？」

　龍村の問いに、森は即座に答えた。

「フューチャー・ゾーンだ。昨日、敏生が向かって右から始めると決めたから、それに従うことにするよ」

「ということは、昨日はエンシェント・ゾーンだったわけか。恐竜たちはどうしていた？

相変わらず元気に暴れていたか？」

「ああ、『ティラノ・パビリオン』は相も変わらず盛況だったよ。恐竜のロボットが前より増えて、充実していたような気がするな。敏生が大喜びしていた。そういえば、あんたからずいぶん修学旅行の話を聞いていたようだな」

「事実だけしか言ってないぜ？」

「それで十分すぎる。まったくそのお喋《しゃべ》りな口に、そのうち呪《しゅ》をかけてやりたいくらいだ。余計なことが言えないようにな」

「おお、怖い怖い。よしてくれよ、口は医者の命だぜ？　何といっても、インフォームド・コンセントなんて洒落《しゃれ》た言葉が大流行《おおはやり》だからな」

二人は軽口を叩《たた》きながらアーケードを通り抜け、バルコニーからフューチャー・ゾーンへと入っていった。

三つあるゾーンの中で、このフューチャー・ゾーンは唯一未来都市を想像して造られている。メタリックで曲線的なデザインの建物が並び、従業員の制服も、銀色の光沢のある生地で仕立てられていた。ここでは、パークのマスコットの恐竜たちも、宇宙服を身につけ、丸いヘルメットを被《かぶ》っている。

森と龍村は、ゾーンをぐるぐる歩き回り、仕事の段取りをつけた。いや、実際のところ、調査をしているのは森ひとりで、龍村はそれにつきあいながら、売店を冷やかしたり、アトラクションを外から値踏みしたり、森が必要と判断したアトラクションに一緒に入ったりしていただけなのだが。

フューチャー・ゾーンには宇宙を舞台にしたアトラクションが多いだけに、室内の、しかも暗いアトラクションが多い。本来ならば妖気《ようき》が溜《た》まりやすい環境であるはずだが、そうでもないようだと森は小首を傾《かし》げた。

「ほう？　そりゃまた、何故《なぜ》だ。妖魔は暗いところが好きなんだろ？」

龍村は、興味深そうに訊《たず》ねる。森は考え考え答えた。

「前に来たときも思ったんだが、意外に妖気が薄いんだ。おそらく、アトラクションの一つ一つが大きくて、スペースの形状がシンプルだからだろう。暗くはあるが、妖《あやか》しにとって居心地のいい狭い空間が少ない。おまけに、スピードのある乗り物は、身長制限があるだろう。そのせいで、妖しがいちばん好む小さな子供がアトラクションの中に入ってこないからな」

「そういうもんかね。ま、どっちにしても僕にはわからんが。……おっ。天本《あまもと》、例の奴《やつ》があるぜ」

龍村は、いかにも嬉《うれ》しそうに前方のアトラクションを指さした。巨大な宇宙ステーションを模した、ひときわ目につく銀色の建物の屋根部分には、スポンサーである飲料会社の巨大な缶が飾られている。

そう、それはこのフューチャー・ゾーンの目玉、「プラネタリウム・コースター」だった。宇宙船に乗って、暗闇《くらやみ》の中を電飾の銀河を見ながら高速で走り抜ける、いわゆるジェットコースターである。スピード自体は子供も安全に乗れるレベルなのだが、何しろ暗くてレールが見えないので、スリルがある。何より、視界一面に瞬《またた》く星の光を見ているだけで、流星群の中を航行しているような楽しみが味わえるのだ。

修学旅行のときも、森がここを調査する必要があると言いだして、龍村はそれにつきあった。そして……龍村はジェットコースターを満喫したのだが、森は……。

「乗るんだろ？　こんな暗いアトラクションじゃ、調べないわけにはいかないもんなあ。な、真面目《まじめ》な術者さんよ」

龍村は、いかにも楽しげに問いかける。森は口をへの字に曲げ、いかにも嫌そうにアトラクションの前で足を止めた。

「……嬉《うれ》しそうだな、龍村さん」

龍村は、ただでさえ大きな口を極限まで引き伸ばし、この上なく上機嫌な笑顔で頷《うなず》いた。

「いやいや、お前だって十年経《た》って大人になっただろう。まさか、三十路《みそじ》を射程距離に捉《とら》えた男が、ジェットコースターが怖いなんてことは、なあ？　おい、入ってくんだろ？」

森はたっぷり十秒間龍村を恨めしげに睨《にら》み、そしてふいと足を「プラネタリウム・コースター」のエントランスに向けた。両手をコートのポケットに突っ込み、入場待ちの長い行列に向かって、憤然と歩いていく。

「おい、天本！　……やれやれ、意地っ張りだけは天下一品だな」

自分が焚《た》き付《つ》けたことは棚に上げ、龍村はゆったりした足取りで、森の後を追った。


そして、三十分後。

エントランスの反対側にある出口から出てきた森は、土気色の顔をしていた。足取りも、どこかおぼつかない。

さすがの龍村も、啞然《あぜん》とした様子で親友の顔を覗《のぞ》き込《こ》んだ。

「おい、天本。大丈夫かお前？」

「……これが大丈夫に見えるか」

嗄《しゃが》れた声でそう言い、森は今にも吐きそうな顔をした。片手で口元を覆っているところを見ると、吐き「そう」どころか、かなり危うい状態らしい。

龍村は、呆《あき》れるを通り越して感心しきりの口ぶりで、腕組みして言った。

「お前、気持ちがいいくらい前回と同じ反応をしとったぞ」

「前と同じって……俺は前も今回も、何もしていない！」

「その何もしてなさ具合が、ただものじゃないだろうが。お前、このジェットコースターは、子供でも楽しく乗れるくらいのスピードなんだぞ？　それを、いい大人が死に物狂いで手摺《てす》りにしがみついて。指の関節が真っ白になってたぜ」

森はゆっくりとアトラクションから離れつつ、キリリと眉《まゆ》を逆立てた。

「何を言ってるんだ。スピードが控えめであろうと、あの手の乗り物が危険であることに変わりはないだろうが。そして手摺りは、両手でしっかり摑《つか》まるためについているんだ！」

まるで子供のような言い訳に、龍村は広い肩を震わせて笑った。

「おまけに、声も出ない有り様だったじゃないか。十年前と同じ顔で……ムンクの『叫び』というか、埴輪《はにわ》というか、とにかく男前が台無しの凄《すご》い顔だったぜ？」

「……あんた、何だって俺の顔ばかり観察しているんだ。あのコースターは、それこそ『プラネタリウム』を楽しむものなんだろう」

「ははは、プラネタリウムより、お前の顔を眺めてるほうが、千倍楽しかったからな。ははあ、わかったぞ。お前が今日、琴平君を行かせた理由はそれか！」

途端に、森の極限まで青ざめていた顔に、さっと赤みが差した。

「ば、馬鹿な。断じてそんなことは……」

「あるんだろ？ そりゃそうだよなあ、琴平君の前で、あの顔は見せられんだろう。うん、わかるぞ天本。それでも敢《あ》えてチャレンジした術者根性に免じて、琴平君にはこのことは内緒にしておいてやろう」

「……余計なお世話だ」

どうもまんざら図星でなかったわけでもないらしく、森はもごもごと口の中で不平を言うと、足早に歩き出す。龍村は、慌てて歩調を速め、森に並んで問いかけた。

「おい、それはともかく、妖気《ようき》の調査はできたのか？ 今回は小一郎を借りていないから、僕にはさっぱりだったぞ」

森は両手をコートのポケットに突っ込み、憮然《ぶぜん》とした顔で答える。

「ちゃんとチェックした。ここが今のところ、このゾーンでいちばん妖気が酷《ひど》いな」

「そうなのか？」

「ああ。人間が極度に興奮すると、それが快楽であれ恐怖であれ、気が高まる。雑霊《ざつれい》や下等妖魔の絶好の餌《えさ》は、そうした人間の『気』だよ。前回もこのアトラクションの前を拠点に浄化を行ったが、今回もあるいは同じようにしたほうがいいかもしれないな」

「そういや、そうだったかな。それにしても、前のときは妖気どころかプラネタリウムを見る余裕さえなかっただろ？ いやはや、さすが十年経《た》てば、人間進歩するもんだなあ」

「………」

　本気で感心しきりの龍村を、森は何とも言《い》い難《がた》い表情で見遣《みや》ったが、何も言わず、ただ薄い唇を片側に引き伸ばし、渋い顔をした。

「で、これからはどうするんだ？　天本」

「もちろん調査を続行する。まだゾーン全部を回っていないからな」

「休憩しなくても平気なのか？」

「ダメージを食らったのは三半規管だけだ。べつに体力をロスしたわけじゃないさ」

　そんな負けず嫌いを言って、森はいったん口を噤《つぐ》み、それから早口で付け加えた。

「べつにこれが敏生を病院に行かせた理由ではないが、余計なことをベラベラ喋《しゃべ》るなよ、龍村さん。でないと、本当にその口に呪《しゅ》をかけて、二度と開けなくしてやるからな」

　あまりにも素直な恫喝《どうかつ》の言葉に、龍村はプッと吹き出しそうになって、片手で口を押さえる。

「わ、わかった。心配するな、琴平君の前では、いつもかっこいいお前でいさせてやるさ」

「…………」

　自分で脅しておいて、何とも言えない顔をした森の背中をバンと勢いよく叩《たた》き、龍村は「これで貸し一つだな」と豪快に笑った……。

それからも、森と龍村は、ゾーンの残った部分をくまなく歩き、妖気《ようき》の濃さをチェックして回った。

下見をすっかり終える頃には、あたりが夕日でオレンジ色に染まり始めていた。ほどなく、パーク内のあらゆる灯《あか》りが点《とも》り、カラフルな電飾が夜の顔を見せるはずだ。

ふと足を止めた龍村は、片手で腹を押さえて呻《うめ》いた。

「む、さすがに小腹が空《す》いたな。琴平君からは、まだ連絡がないのか？」

森は投げやりに肩を竦《すく》めた。

「敏生には、小一郎を一緒に行かせた。何かあれば小一郎を寄越せと言ってあるが、まだ何も言ってこないよ。病院に詰めているんだろう。先生の病状が軽ければいいんだがな」

「そうだな。話を聞いたところでは、ずいぶん高齢なんだろう？　クリティカルな症状じゃなきゃいいが。……それはそうと、僕は少々腹が減った。何か軽く食いたい気分だ」

「……俺はいらない。あんたひとりで食えよ」

先刻の「プラネタリウム・コースター」のダメージが残っているのだろう。森はまだ少し青白い顔をして、元気なくそう言った。その様子が、慣れない調伏《ちょうぶく》で疲労困憊《ひろうこんぱい》していた十年前の森を連想させ、龍村は心配になっていかつい顔を顰《しか》めた。

「大丈夫か？　まだ顔色が悪いぞ」

「少し酔いが残っているだけだよ。問題ないさ」

森は強がってそんなことを言う。だが龍村は、素早く周囲を見回してこう言った。

「それでも、甘いものなら食えるだろ？　奢《おご》ってやるから、何か食って、少し座って休憩しようぜ。おっ、あそこで何か売ってる。買ってきてやるから、ちょっと待ってろ」

森の答えも聞かず、龍村はドカドカと少し離れた売店へと突進していってしまった。

「やれやれ。龍村さんのお節介とお人好《ひとよ》しも、十年前と変わりなし……か」

森は苦笑いしつつ、まるで宇宙ステーションの内部にありそうな未来的デザインのベンチに腰を下ろした。

十数分ほどで、行列をクリアした龍村が、二人分のおやつを首尾よく入手して戻ってきた。トレイの上には、カプチーノの入った紙コップが二つと、カラフルな紙に包まれた大きなドーナツが二つ載っていた。

「これなら食えるだろ？」

龍村は少し距離をあけてベンチに座り、二人の間にトレイを置いた。

「ああ、ありがとう」

森は差し出されたドーナツを受け取り、しげしげと眺めた。それは宇宙船の形をしたフワフワしたドーナツで、揚げたての熱々だった。表面には、淡いピンクの砂糖がビッシリまぶしてある。

「甘そうだな」

「琴平君が見たら食べたがるだろう……なんて思わなかったか、天本」

「うるさい」

二人はしばらく無言で、買ってきたドーナツをもぐもぐと平らげ、たっぷりと泡ののったカプチーノを飲んだ。やがて、龍村がボソリと口を開いた。

「琴平君がいなくてお前と二人だけだと、どうしても心は十年前に遡《さかのぼ》っちまうな」

「ああ」

森も、目の前を行き交う人々を見ながら、感慨深げに頷《うなず》く。糖分を補給して、少し気分がよくなったらしい。森はポツリと言った。

「修学旅行のあのときも、俺がボロボロであんたに迷惑をかけたな」

龍村はカプチーノを吹いて冷ましながら、ニッと笑った。

「まったくだ。あの旅は、お前を心配しどおしで終わってしまったよ。いろいろな体験ができて、それはそれで楽しかったがな。……なあ、天本よ」

「ああ?」

「こうして二人だけになる機会もそうそうないだろうから、話しておきたいことがある」

龍村が急に真顔になったので、森も紙コップをトレイに戻し、龍村の顔を見た。普段は何でもずけずけと口にする龍村であるが、今は躊躇《ためら》いつつ話し始める。

「どこからどう話せばいいかわからんが……仕事中に時間を浪費させちゃいかんな。できるだけ簡潔に言おう。河合さんのことだ。僕がいつまでも河合さんにわだかまりを持っていることで、お前につらい思いをさせているのはわかっているんだ」

思いもよらない言葉に、森は何も言えず、ただ龍村の次の言葉を待つ。龍村は自嘲《じちょう》ぎみに唇を歪《ゆが》めて言った。

「あの修学旅行の夜、河合さんに初めて会ったとき……その瞬間から、僕はあの人にずっと嫉妬《しっと》していた」

「嫉妬？」

予想だにしなかった言葉に、森は珍しく驚きを露《あらわ》にする。

「みっともない話だが……あの頃の僕は、まだつきあいの浅いお前のことをきちんと理解したいと、しゃかりきになってた。お前ときたら、今の千倍、とっつきにくくてとんがって、表情に乏しかったからな。僕のお前が好きな気持ちがちゃんと伝わってるか、お前も僕のことを友達だと思ってくれているか、わかりにくくていつも不安だったんだ。ああ、お前を責めてるんじゃないからな。で、そんなお前が、河合さんと話してるときは、馬鹿に嬉《うれ》しそうだったろ。素直な子供みたいにさ。それを見て、何かカーッときたんだ」

照れ臭そうに鼻の下を太い指で擦《こす》り、龍村は何とも恥ずかしそうな顔をした。

「龍村さん……。俺はただ……」

「わかってる。あの人はお前の師匠だ。お前に自分の特殊能力を有効に使う方法を教え、兄貴みたいに行く道を示し、人間としての存在意義を与えてくれた……そうなんだろう？」

森は戸惑いつつもきっぱり頷《うなず》く。龍村は、そんな森の表情を見ることなしに言葉を継いだ。

「だからこそ、そういうあの人に嫉妬《しっと》しながらも、僕はお前があの人に出会えてよかったと、心から思ってた。河合さんのことを、目標、あるいはライバルと勝手に心の中で定めていたよ。いつかはお前にそんなふうに頼られる人間になりたいと願っていた。……だから、今にして思えば、僕にとってもあの人は、ある意味師匠みたいなもんだったのかもしれんな」

龍村は胸の中に湧《わ》き上《あ》がった何かを抑え込むように、そこで唇を一文字に引き結び、黙り込んだ。右手が、空になった紙コップをグシャリと握りつぶす。

「霞波《かなみ》さんが死んで、お前が生きてる死体みたいになっちまったとき、僕はお前を何とか生かそうと必死だった。がむしゃらに頑張る一方で、同時に酷《ひど》く怖かった。心底怯《おび》えていた。誰かに助けてほしかった。……今にして思えば、心の中で、河合さんが来てくれることを……どこか遠いところでさ迷っていたお前の魂を、ひょいと容易《たやす》く連れ戻してくれることを、強く願って……信じていたんだと思う。つまり、あの人だけが、僕とお前の両方を助けてくれる人だとな」

「……龍村さん、あんた……」

龍村はこれまで、霞波が死んだ直後の森の状態については、ほとんど語らなかった。まして当時の彼の心境についてなど、一度も口にしたことはなかったのだ。

当事者である森だけでなく、龍村にとっても、それはあまりにも重い記憶だったのだろう。そして、そのときの自分の気持ちを整理し、森に告白できるようになるためには、長い年月と、こうした思い出の場所に来ることが必要だったのかもしれない。

ようやく森のほうを見て、龍村はしんみりした眼差《なまざ》しで肩をそびやかした。

「だが、あのときとうとう河合さんは姿を見せなかった。お前が意識を失っていた間も、何とか自分を取り戻してからも、ただの一度もな」

その非難めいた言葉に、森は慌てて説明を試みる。

「龍村さん、それは違うんだ。河合さんは、俺のせいで『組織』に管理責任を問われ、この国から離れざるを得なくなっていた。……あの人は俺のせいじゃないと言ったが、それは嘘《うそ》だ。あの人は俺のせいで、何年も外国を放浪し……」

「そんなことはどうでもいいんだ。もう、どうでもな」

龍村は、穏やかな表情で、森の言葉を遮った。

「龍村さん……」

「河合さんと久しぶりに広島《ひろしま》で再会したとき、僕は大人げなく動揺して腹を立てたな。琴平君を怯《おび》えさせてしまうほどに。あのとき僕は、人生の危機に立っていたとき助けてくれなかった河合さんにお前が優しくしているのを見て、自分でも信じられないくらい頭にきたんだ。いつか、お前にも言っただろ。あんな薄情者をまだ師匠と呼ぶとは、お前はお人好《ひとよ》しだと」

「……ああ」

龍村の真意を測りかねて、森はただ小声で相槌《あいづち》を打つ。龍村は静かにこう言った。

「僕は、自分がお前のことを思って腹を立てているんだと思っていた。……だが、後で何度も思い返してみると、違うんだ」

「……というと？」

「正直に言おう。本当のところ、自分でも気付かないうちに、僕は自分の都合であの人に怒っていた。あの人を恨んでいた。……つまり、僕にとっても師匠であった彼が、僕がいちばん彼を必要としていたときに、僕と、そしてあの人にとっては大事な弟子であるはずのお前を助けてくれなかった。僕の尊敬と期待にあの人が応《こた》えてくれなかったことに……そして、それなのにあの日広島駅で、いつもの笑顔で僕に挨拶《あいさつ》してきたことに、僕は逆上したんだ。そうせずにはいられなかった」

珍しいくらい途方に暮れている森の顔を見て、龍村は困ったように笑った。

「おいおい、そんな顔をしてくれるなよ。呆《あき》れてるのか？　まあいい。……とにかく、それに気付いてからも、素直に認《みと》め難《がた》くて、河合さんには意固地《いこじ》な態度をとった。難儀なもので、この年になっても、あの日感じたライバル意識みたいなものは、強烈に根深く残っているらしくてな。すまん。そのせいで、お前と琴平君には嫌な思いをさせた。僕と河合さんが一緒になる機会があるたび、二人して気を遣ってたろ。悪かったな」

「龍村さん……」

龍村は、グシャグシャになった紙コップをトレイに放《ほう》り投《な》げ、ようやく何かが吹っ切れたような、すっきりした顔で空を見た。

「これだけの月日が過ぎてもまだ、あの人の懐《ふところ》の深さに遠く及ばない自分の不甲斐《ふがい》なさに苛《いら》つくのまで、あの人に被《かぶ》せていたのかもしれないな。……すまん。お前や琴平君に、余計なプレッシャーをかけた」

森は、どうにもやるせない気持ちで、首をゆるゆると横に振った。

「龍村さん、あんたに謝られては、俺の立つ瀬がない。……何をどう言っていいかわからないよ。どちらにしても、あんたと河合さんがこじれた原因は俺で、しかもその俺には、そのときの記憶がないんだから」

「はは、それもそうか。……では、お前に謝るのはなしにしよう。早い話が、ずっと胸につかえていたことをお前にようやく話せて、僕は少し肩の荷が下りた。そして、こんなみっともないことを白状した以上、いつまでも河合さんに今までのような大人げない態度はとれないということだ」

「龍村さん……」

龍村は立ち上がり、片手でトレイを持ち上げた。そして、空いた手の指先で、森の白い額を軽く弾《はじ》いた。

「頼む、そうあからさまに途方に暮れないでくれよ。決死の告白は、軽く流してくれるのが思いやりってもんだ。違うか？」

「よくわからないが、そういうものなのか？」

「そういうもんだ。そして、こんな矮小《わいしょう》で卑屈な僕は、お前の胸の奥深いところにこっそりしまっておいてくれ。間違っても、琴平君にばらしてくれるなよ」

森もベンチから腰を浮かせた。ようやくいつもの彼らしい怜悧《れいり》な表情を取り戻し、軽く頷《うなず》く。

「敏生も、あんたと河合さんのことはずっと心配しているよ。だが、俺からは何も言うまい。あんたが態度で示してくれる……そういうことだろう？」

「ああ」

森は龍村の顔を真《ま》っ直《す》ぐ見つめ、そして静かに言った。

「ありがとう、龍村さん。あんたには、助けられてばかりだ」

龍村も、太い眉《まゆ》を和ませ、ニヤリとした。

「まったくだ。……だが、それが僕の存在意義の一つであることは確実だ。まあ、生き甲斐《がい》を妻《い》ありがとうと、僕も言っておくか。お前と友達にならなけりゃ、僕は法医学の道には進まなかっただろうし、こんな面白い人生は待っていなかっただろうからな」

そして龍村は、大きな拳《こぶし》で森の頭を小突くと、おどけた口調で言った。

「さて、これで下見は完了だろ？　夜に備えて、ホテルに戻って一眠りしようぜ。琴平君や河合さんほど役には立たないだろうが、荷物持ちくらいはできるだろう。僕もつきあうさ」

「それはどうも。……そして、俺たちはこれでお互い一つずつ、相手の秘密を握り合ったというわけか」

「そういうことだ。嫌でも、口が堅くなるだろ？」

「なるほど」

周囲はすでに暗くなりかけており、外灯があちこちでオレンジ色の優しい光を放ち始めていた。各アトラクションのイルミネーションも点灯され、パークは、昼間とはまた違った顔を見せている。

ナイトパレードの場所取りに忙しい客たちの間を縫って、森と龍村は、パークの出口に向かって肩を並べて歩いていった……。

第二話　十二月二十八日の祝賀

1

「天本《あまもと》さん、天本さんってば」

そんな弾んだ声に、森《しん》は渋々重い瞼《まぶた》を薄く開けた。予想どおり、真上から自分を見下ろしているのは、敏生《としき》の笑顔である。

「ああ……おかえり。戻っていたのか」

寝起きの掠《かす》れた声で森が言うと、敏生は神妙な顔でぺこりと頭を下げた。

「はい、やっと帰ってこられました。お仕事抜けてすみませんでした」

「先生の具合は、もういいのかい？」

昨夜《ゆうべ》はろくに眠っていないのだろう、敏生は赤い目をして、けれど元気よく頷《うなず》いた。

「ええ、先生、心臓の具合がもとからあんまりよくなくて。何年か前にも、心筋梗塞《しんきんこうそく》で倒れたことがあるんだそうです。でも昨日のは、小さな発作ですんだんですって。今は久しぶりに大きな作品を描《か》いておられるから、ちょっと根を詰めすぎたんでしょうってお医者様が」

森は、両手でまだ重い瞼《まぶた》をゆっくりと揉《も》みながら先を促す。

「そうか。それで？」

「もう明後日には退院できるだろうって。しばらく自宅で安静にして、十分休養すれば大丈夫なんだそうです。今朝はもうずいぶん具合がよくて、他のお弟子さんにつきそいを交代してもらってきました」

「それはよかった。……で、君は昨日の朝から今まで、一晩じゅう付き添っていたのかい？」

敏生は笑顔で頷《うなず》いた。

「ええ。でも座ってて時々用事したり、先生とお話ししたりしてただけですから。先生にはお世話になってばっかりだし、こんなときくらいお役に立たなくちゃって張り切って林《りん》檎《ご》の皮とか剝《む》いてあげたんですけど、中身がうんと小さくなっちゃって。凄《すご》く恥ずかしかったです」

「そうか。なら、君も少し休め。疲れただろう」

森は、まだ半分眠ったままらしく、そう言うなり再び目を閉じてしまう。

だが森は、執拗《しつよう》な視線を感じて、ほどなく再び目を開ける羽目になった。案の定、さっきから少しも場所を動かず、敏生が大きな目で自分を見下ろしている。森は溜《た》め息《いき》混じりに訊《たず》ねた。

「……どうした？」

敏生はちょっと困った顔で言った。

「べつにどうもしませんけど……もうお昼の一時過ぎですよ」

「だから？　……ああ、腹が減ったのか。だったら、小一郎《こいちろう》とでも行ってこい。俺は眠い」

森はくぐもった声でそう言いながら、もぞもぞと寝返りを打ち、眠りの世界へ引き返そうとする。敏生は躊躇《ためら》いがちながらも、自分に背中を向けてしまった森の肩を揺さぶった。

「あの……昨夜《ゆうべ》のフューチャー・ゾーンの浄化、大変だったんですか？　上手《うま》くいきました？　河合《かわい》さんは？　龍村《たつむら》先生は、来てたんじゃなかったんですか？」

森は不機嫌に唸《うな》りながらも、布団《ふとん》に顔を半ば埋《うず》め、ボソボソと答える。

「大丈夫だよ。……少し時間はかかったが、龍村さんに手伝ってもらって片づけた。河合さんは昨日から行方不明だ。どこかの誰かと遊んでいるんだろう。……龍村さんは……そういえば今朝、いったん帰ると言われた気がする」

「気がするって……」

「寝入りばなに何を言われても、覚えていられるものか」

「もう、天本さんったら」

「……とにかく。もう少し寝かせてくれ。連日の浄化で、さすがに疲れた」

「お、お疲れさまです」

疲労の最大の原因は、浄化ではなく下見で……さらに言うならあの悪夢のようなジェットコースターなのだが、それを敏生に教える気など、森にはさらさらない。森はもっともらしい言い訳を口にして、再び目をつぶった。仕事の内容が霊障《れいしょう》解決であろうと執筆であろうと、森が疲れたと言えば、決して無理を言わない敏生である。今日も伝家の宝刀「疲れた宣言」で、あと数時間の睡眠を確保しようと思ったのだ。

だが森の予想に反して、今日の敏生は、やけにしつこく森を起こそうとした。

「あの、でも……。ねえ天本さん、ちょっとくらい疲れてても、その、疲れて死にそうじゃなければ、起きてくれませんか？」

意外な言葉に、森はもう一度寝返りを打ち、薄目を開けて敏生の顔を見上げた。

「疲れて死にそうだったら？」

「……うー」

「…………」

「……ホントに死ぬんじゃなかったら、起きてほしいなあ、なんて」

「………」

どうやら、どうしても森を起こさずには気がすまないらしい。森はしばらく睡魔と胸の内で談合した末、何とかもう一度目を開け、ゆっくりと身を起こした。脳みそに霧がかかったように頭がぼんやりして、しかも軽い頭痛がする。大規模な調伏《ちょうぶく》のせいで、やはり多少気を消耗しているのだろう。森は枕元《まくらもと》に立っている敏生をジロリと睨《にら》んだ。

「起きたぞ。それで、俺を叩《たた》き起《お》こして、何をさせようというんだ？」

敏生はモジモジとすまなそうにしながらも、きっぱりと言った。

「あの、下見に行きませんか？　今日浄化するパストデイズ・ゾーンには、まだ行ってないでしょう？」

「ああ。……そのことか」

森はうんざりした顔で、寝乱れた黒髪を両手で撫《な》でつけた。

「あそこには、増えたアトラクションがないようだから、俺はいいよ。君ひとりで行ってこい。ああ、ひとりが嫌なら……そうだな、小一郎とでも」

「駄目ですよう。僕、今日は、天本さんと行きたいんです」

さすがの森も、その言葉には不愉快そうに眉《まゆ》を顰《ひそ》めた。いつもならどんなにか嬉《うれ》しいだろう恋人のワガママも、こういうときには腹立たしく感じられてしまうのだ。

「おい、敏生。ワガママを言わないでくれ。それに、君も看病で疲れてるんだろう？　夜に備えて休養を取ったほうがいいんじゃないのか？」

敏生は真剣な顔で、ブルブルとかぶりを振る。

「僕は疲れてなんかないです。だから、お願いです。ワガママですけど……それでも、今日だけは天本さんと行きたいんです」

いくら強情といっても、森が明らかに不機嫌なときはいつもなら素直に引き下がる敏生である。森に負担をかけることは決してない。だが今日の敏生は、何としても自分の意志を通したいらしかった。そして、彼がそういうふうに振る舞うときは、いくら抵抗しても無駄なのだ……と森にはよくわかっている。

そこで森は仕方なく、両手を軽く挙げて、降参のポーズを取った。

「やれやれ。何だか知らないが、とにかく今日の君はとても仕事熱心で、俺にも同じ態度を要求しているわけだな？」

「……そういうわけじゃ……ううん、そういうことでいいですから。とにかく、支度してくださいよう。時間がな……あ、違う違う。その、時間は大事にしなきゃ」

「何を年寄りじみたことを言ってるんだ。どうも、今日の君は様子が妙だぞ。何を企《たくら》んでいる？」

「な、何も企んでなんかいませんってば。とにかく、早くベッドから出て、支度してください。早く早く！」

敏生は顔を真っ赤にして、しかしどうにもこうにも慌てた様子で、森をベッドから追い立てる。森は訝《いぶか》しげに首を捻《ひね》りつつも、仕方なくよれたパジャマ姿で、のろのろとバスルームへと向かった……。


それから一時間後。

森と敏生は、東京タイムスリップパークにいた。平日だが、冬休みということもあり、園内は家族連れでかなり混《こ》み合《あ》っている。天気も快晴で、パークの雰囲気はとても華やいでいた。

「アーケードは、綺麗《きれい》に浄化されてますね。よかった。あとパストデイズ・ゾーンを浄化すれば、園内まるごと、みんなが安全に遊べる遊園地になるんですよね」

「まあ、しばらくの間はな」

「あ、そういえば、浄化がちゃんとできているかどうかのチェックはしなくていいんですか？」

「今回は、早川《はやかわ》がチェック専門の術者を用意したそうだ。おそらく、新米術者の実地訓練に最適と踏んだんだろう」

「へえ……。早川さんは、いろんなことを考えて術者を配置するんですね」

「それがあいつの仕事だからな」

ジャンパーに毛糸のマフラー、それに暖かそうな毛糸の帽子を被《かぶ》った敏生は、アーケードを森と並んで歩きながら、ポケットから園内地図を出した。この数日で、地図はずいぶんくたびれてしまっている。だが敏生のほうは、今日も元気いっぱいだ。看病疲れの影は、目の赤さだけにしか感じられない。しかも、不思議なくらいワクワクした顔をしている。

一方の森はといえば、まだ眠気が残っているらしい。コートのポケットに両手を突っ込み、半眼・無表情の何とも不気味な顔つきで歩いている。楽しい遊園地には、およそ似つかわしくない凶悪な形相だ。それでも、首には敏生のクリスマスプレゼントであるワインカラーのマフラーがしっかりと巻かれていた。

「……そういえば、前に浄化を行ったときも、最後に残したのはパストデイズ・ゾーンだったな。とあるアトラクションで、龍村さんが……」

「幽霊の女の子と友達になっちゃったんでしたよね」

森は軽く眉《まゆ》を顰《ひそ》める。敏生が龍村から、彼と森の高校時代のエピソードをあれこれ聞き出していることを、あまり歓迎していないらしい。

「そんなことまで龍村さんに聞いていたのか」

「えへへ。修学旅行の話、まるごと聞いちゃいました。天本さんが寝てばっかりでずっと機嫌悪かった話とかも。……そういえば、やっぱりまだ眠いんですか？　そんな怖い顔して。それとも寒いですか？」

「……べつに怖い顔なんかしてないさ。しっかり着こんできたから寒くはないし。ただ誰かさんに叩《たた》き起《お》こされて、眠いのは確かだがな」

「うっ……ごめんなさい」

敏生はシュンと項垂《うなだ》れる。そんなしょげかえった様子を見ると、いつまでも不機嫌を通せない森である。仕方なくポケットから片手を出すと、敏生の肩をポンと叩いた。

「馬鹿、冗談だ。確かに、下見はしたほうがいいに決まっている。行くのを渋ったのは、単なる俺の怠慢だよ。君が強引に連れ出してくれて助かった。……行こう」

「はいっ」

敏生はたちまち笑顔になって、大きく頷《うなず》いたのだった。

園内は混雑しているとはいえ、それぞれのアトラクションの行列は、待ちきれないほど長くはない。二人はパストデイズ・ゾーンの中を歩き回り、一昨日《おととい》と同じように、雑霊《ざつれい》が生じさせる妖気《ようき》の強さを調べた。そしていくつか妖気が澱《よど》んでいると思われるアトラクションに入ってみた。

どうやら、古い時代をイメージした照明の薄暗い室内アトラクションが多いため、三つのゾーンの中でも、このパストデイズ・ゾーンにもっとも雑霊が多く澱んでいるようだった。他の客やスタッフの目につかないよう、二人は結界を張りやすくするための符を、ゾーン内の何か所かの壁面にこっそり貼《は》り付《つ》けた。

そして最後……日も暮れかかる頃に二人が並んだ行列は、いわくつきのアトラクション……そう、「スプーキィ・ハウス」だった。

森と龍村が高校三年生の修学旅行で見たのと少しも変わらない、煉瓦造《れんがづく》りの古い洋館を模した重厚な建物。景観にまったく変化がないというのは、おそらくたゆまぬメンテナンスの賜物《たまもの》なのだろう。

それまでは気のない様子だった森も、さすがに感慨深げな表情で、今日これまででいちばん長い行列にも文句一つ言わず加わった。

「パークのほとんどすべてのものが少しも変わっていないというのも不思議な気がするな。……俺ひとりだけが年をとったような気がするよ」

しみじみとした森の言葉に、敏生はプッと吹き出す。

「イヤだなあ、天本さんってば。お爺《じい》ちゃんみたいなこと言って」

「悪かったな。そのうち君も、俺の気持ちがわかるときが来るさ」

「十年後にもう一度ここに来たら、わかるのかなあ。あ、じゃあ、十年後も一緒に来ましょう！」

「う、あ、ああ」

「絶対ですよ？　もう約束しましたからね」

十年後も共にあることを前提にした発言を、敏生はいとも容易《たやす》く無邪気に口にする。そして森が驚きと嬉《うれ》しさでまともな返事ができずにいることなど気づきもせず、敏生はアトラクションの入り口付近を見て、あ、と声を上げた。

「あそこに立ってるの、龍村先生が凄《すご》く可愛《かわい》いって言ってた制服の女の子だ。うわあ、ホントに可愛いなあ」

敏生の視線の先には、行列のいちばん先、屋敷の玄関に当たる部分で観客たちを迎え入れている女性スタッフの姿があった。

まだ十代後半とおぼしきその少女は、全身を濃紺の足首まである長いドレスに包んでいる。襟が顎《あご》の下まで詰まったクラシックなドレスは、首からウエストまで小さなくるみボタンが真《ま》っ直《す》ぐに並んだデザインで、彼女のほっそりした体型によく似合っていた。肩からは、暖かそうな毛皮の縁取りのついた、共布のケープを掛けている。足元は編み上げブーツで、ウエストには小さな白いエプロンをつけ、頭には白いボンネットを被《かぶ》っている。昔のヨーロッパ貴族の屋敷で働くメイドという役柄なのだろう。

「君は、ああいう子が好みなのかい？」

感動するほど嬉しい台詞《せりふ》の直後に自分の前で女の子に見とれられたのが面白くないのか、森は棘《とげ》のある口調で片眉《かたまゆ》を上げる。森の嫉妬《しっと》に気付かない敏生は、森の苛立《いらだ》ちの理由がわからないまま、慌てて首を横に振った。

「ち、違いますよう。ただ、龍村先生が、あそこの制服は凄《すご》く可愛《かわい》いんだぞ、ちゃんと見てこいって何度も力説するから、そうなのかなって思ってただけで。確かに制服は可愛いけど、お、女の子はええと……いや、可愛いですけど、僕の好みとかそういうのじゃなくて、あのあのっ」

「馬鹿、からかっただけだよ」

森は、敏生の狼狽《うろた》えぶりがよほど可笑《おか》しかったのか、緩んだ口元を片手で隠す。敏生は、ぷうっと丸い頰《ほお》を膨らませた。グルグルと首に巻き付けたぶ厚いマフラーに、細い顎《あご》を埋《うず》めてしまう。

「もう、すぐそんな意地悪するんだから。……ああ、それより早く行列進まないかなあ。中も凄いって龍村先生に聞いてて、『ティラノ・パビリオン』と同じくらい楽しみにしてきたんです。あっ、向こうからパレードが来ましたよ。わあ、恐竜の楽団だ！」

敏生は、落ち着きなく視線を四方八方に巡らせる。森は周囲のお祭り騒ぎなどより、傍《かたわ》らでくるくる変わる敏生の表情に見とれていた。

まるで幼い子供のようにはしゃぎ、アトラクションの仕掛けの一つ一つに目を輝かせる。ずっとそんな敏生ばかりを見ていた森は、アトラクションを出てから、敏生に「面白かったですね。天本さんは何が気に入りました？」と問われ、何一つ答えることができずに、敏生を呆《あき》れさせてばかりだったのだ。

（まったく……どんなアトラクションよりも、君は俺を飽きさせないよ）

恐竜の楽隊にじっと見入っていた敏生は、彼らが去ると、つとどこかへ行き、すぐに駆け戻ってきた。見れば、白い紙袋と、湯気の立ち上る大きな紙コップを持っている。袋からは、ぷんと甘い香りがした。どうやら、パーク内にたくさんある売店のどこかで、スナックを仕入れてきたらしい。

森は呆れ顔で首を振った。

「やれやれ。君の口は、喋《しゃべ》るか食うか、とにかく休むときがないようだな」

敏生は恥ずかしそうに、しかしきっぱりとこう主張する。

「だって、いっぱい遊んだらお腹空《なかす》くじゃないですか。どうせまだ当分並んでなきゃいけないんだから、退屈だし。寒いから、熱いココアと、あと、チョコチップクッキーを買ってきました。一緒に食べましょう。ほら、見てくださいよ。凄《すご》く可愛《かわい》いんですよこれ」

敏生は森にココアの紙コップを手渡すと、紙袋からゴソゴソと自分の顔ほどもある大きなクッキーを取り出した。さすが「パストデイズ・ゾーン」内の売店だけあって、クッキーはお化けの形をしている。

「……それは……」

それを見て、森は目を見張った。そのクッキーは、森が修学旅行で龍村に奢《おご》ってもらったのとそっくり同じものだったのだ。

――お前、買い食いなんかしたことないんだろう。ったく、しょうがないな。いいか、ここは大人が子供に返っていい場所なんだから、いつもみたいにかっこつけるなよ。お前もしっかり子供に戻って、本当の子供のときにできなかったこと、やっとけ。

あのとき、自分にクッキーを差し出しながらそう言った龍村の、今よりもっとナイーブそうだった笑顔が思い出され、森は思わず苦笑を浮かべる。

敏生は急に遠い目をした森に、怪訝《けげん》そうな顔をした。

「どうかしたんですか？　チョコチップはあんまり好きじゃないです？　他のフレーバーにすればよかったかな。ピーナツバターとかクルミとか、いろいろあったんですけど」

「いや。あまりにも何もかもが懐《なつ》かしいから、可笑《おか》しくなっただけさ。たまには、こういう場所に来るのも悪くない。今回の仕事には感謝すべきかもしれないな」

「そうですよ。天本さんだって、たまにははしゃいでもいいんですから。っていうか、はしゃぐ天本さんって想像できないや。一度見てみたいな」

「……こいつ」

さっきのお返しのつもりか、自分をからかう敏生の頭を軽く小突いて、森は照れ臭そうに片眉《かたまゆ》を上げた。敏生は、ニコニコしてこう言った。

「半分こしましょうね。僕がクッキー一口囓《かじ》ってる間に、天本さんはココアを一口飲んでください。で、取り替えっこして、僕がココア飲んでる間に、天本さんがクッキー食べるんです」

「そ……それではまるで……」

「いいから。はい。じゃ、僕が先にクッキー食べますから、天本さんはココア」

それではまるでティーンエイジャーの恋人同士のようじゃないか、と言いかけた森の言葉をあっさり遮り、敏生はシーツを被《かぶ》ったような姿のお化けの足のあたりを囓《かじ》ってから森に差し出した。森は慌てて甘いココアを一口啜《すす》り、敏生に紙コップを手渡す。

替わりに受け取った半分紙袋に包まれたままのクッキーは、まだほの温かかった。いきなり頭から囓ると敏生に非難されそうなので、森は無難に、敏生が囓ったすぐ脇《わき》を囓ってみた。バニラの香りと共に、ブラウンシュガーの甘さが口に広がる。とろりと溶けかけたチョコチップの微《かす》かな苦みが、舌先に感じられた。

(少しも変わらない味だな。風景と同じで、スナックも十年一日か)

旨《うま》いだろ？　としつこいほど何度も繰り返した龍村の昔から四角かった顔を思い出しつつ、森はしばらく、ままごとのような、そしてどう考えてもクッキーについては敏生の取り分の多い「半分こ」に興じたのだった。

それから三十分ほどかかって、二人はようやく行列の先頭に辿《たど》り着《つ》いた。愛らしい笑みを振りまくメイド姿のスタッフにパスを提示し、屋敷の中に入る。入館の際、敏生はそこにいた男性スタッフを捕まえ、何事か早口に囁《ささや》いた。スタッフは頷《うなず》き、ウインクして屋敷の中へ入っていったが、一連のやりとりはあまりに素早く行われたため、森はそれには気付かなかった。

屋敷内へは、数十人の観客が一度に誘導される。メイドに先導されて向かう先は、広い玄関ホールの一角である。そこには、館《やかた》の主《あるじ》の巨大な肖像画が飾られていた。

これから何が起こるか知っている森は平然としているが、敏生を含む他の人々は皆、いったいどんな趣向が凝らされているのか、ワクワクした顔でじっと待っている。

やがて厳かな声で、肖像画の主が客人たちに歓迎の口上を述べ始めた。

『ようこそ我が屋敷へ。わたしは大英帝国の由緒《ゆいしょ》正しき貴族の家柄に連なる者。……いや、死んでしまえばそのような肩書きなど、何の意味もないのだが』

じっと聞き入っていた人々の口から、一斉に驚きの声が上がる。恰幅《かっぷく》のいい髭面《ひげづら》の主人の顔から、みるみるうちに肉が削《そ》げ、目が落ちくぼみ、豪奢《ごうしゃ》な服がボロボロに風化し始めたのだ。皆が呆気《あっけ》に取られているうちに、主の肖像画は、カクカクと顎《あご》を鳴らすおどろおどろしい骸骨《がいこつ》となる。そして最後にはその骨さえも崩れ去り、額縁の中は、薄暗い背景のみの空っぽの空間になってしまった。見事なホログラフィーだ。

『……今や廃墟《はいきょ》となり果てたこの家には、様々な幽霊たちが棲《す》み着《つ》き、楽しく暮らしている。部屋はまだまだ余っている。もしここが気に入ったなら、諸君を新たな仲間に迎えよう。では、屋敷を巡る短い旅に出るがいい……』

殷々《いんいん》と響く声がやがて遠くなり、ホールは静寂に包まれる。するとさっきのメイドが再び現れ、今度は皆を小さな八角形の部屋に押し込んだ。薄暗くて窓一つない、息詰まるような空間である。森の腕の中で、広い肩にぎゅっと頰《ほお》を押しつける姿勢になってしまった敏生は、森の顔を見上げ、楽しげに囁《ささや》いた。

「龍村先生の話のとおりだ。凄《すご》いですね。本物のお屋敷みたい。……でもこの部屋はちょっと息苦し……あ、動いた！」

ガタンと小さな音がしたと思うと、突然天井が高くなり始めた。いや、天井が上がっているのではなく、床が沈んでいるのだ。この小部屋はエレベーターになっており、観客を地下に広がる広大なスペースに誘導するための装置なのだ。

「ふわ……あ……」

これも観客を楽しませる演出か、床がガタガタと揺れる。敏生は森のコートの胸に両手で摑《つか》まったまま、凄い勢いで遠ざかっていく天井の巨大なシャンデリアを見上げていた。

やがて、床の沈下は止まり、入ったのとは別の扉が開いて、別のメイド姿の女性が、ランプを片手に現れた。彼女は無言のまま、身振りで一同に自分の後をついてくるよう指示する。

皆、ゾロゾロと女性に続いて小部屋を出た。前方には、細い通路が延びている。通路は暗く、かろうじて足元が危うくならない程度の間隔で、小さな灯《あか》りが点《とも》っていた。

そして通路の先には、動く椅子《いす》の列があった。どうやら椅子の一つ一つがレールに連結しているらしく、一列で音もなく滑っていく。観客たちは、その椅子に二人ずつ乗せられた。

森も、敏生に続いて椅子に乗り込む。手摺《てす》りが自動的に下りてきて、アトラクションの途中で外に出ていけないように、二人の膝《ひざ》の上あたりで止まった。

椅子の側面は大きく張り出していて、両隣の椅子や、背後が見えないようになっている。また椅子は自動的にクルクルと自在に向きを変えながら動き、通路の両側に広がる様々な場面を、最適なタイミングで順番に見られるように……言い換えれば、余計なものをいっさい見せないような仕組みになっていた。

「お隣、見えないんだ。……じゃあ」

敏生は悪戯《いたずら》っぽく笑うと、森にピッタリくっつき、森の腕に自分の腕を絡《から》めた。

「おい」

森は低く窘《たしな》めたが、敏生は笑顔で囁《ささや》いた。

「いいじゃないですか。やっと二人っきりなんだし、今日は特別な日なんだし！」

「……特別な日？」

森は聞《き》き咎《とが》めて問い返したが、そのとき、最初の見せ場である書斎に椅子《いす》が差し掛かった。敏生が身を乗り出すようにして、空中を飛び交う木やこちらをじっと目で追い続ける大理石の胸像のホログラフィーに見とれてしまい、会話はそれきり途絶える。

本当にかつてそこで人が暮らしていたと思われるほど精巧に作り込まれたセットと、生きた人間さながらの人形たち。それに高度なホログラフィー技術と照明のトリックが合わさって、目の前には恐ろしいくらいリアルな、幽霊たちの生活風景が展開される。

調理場を飛び交う鍋《なべ》や包丁、降霊術に興じる人間たちをからかって遊ぶ子供の幽霊たち、水晶玉を操る女魔法使い……。

様々な場面を見た後、椅子はついにアトラクションの目玉、大広間でのダンスパーティのシーンに差し掛かった。ドレスアップした半透明の幽霊たちが、蜘蛛《くも》の巣《す》だらけのシャンデリアが薄暗く照らす広いホールで、華麗に踊っている。ダンスに夢中になるあまり、空中高く浮き上がってステップを踏む幽霊たちもいる。

「ねえ天本さん、ここで龍村先生は、幽霊の女の子に出会ったんですよね」

「ああ。……そうだった。突然幽霊を膝《ひざ》に乗せて楽しげに喋《しゃべ》り出《だ》したから、さすがの俺も驚いたよ」

「あはは、龍村先生らしい。……でも、今回はここ、あんまり雑霊《ざつれい》は溜《た》まってないみたいですよね。普通の浄化作業で十分対応できそう」

「……ほう。さっきからはしゃいでばかりいると思っていたのに、仕事を忘れていなかったのか。感心だな」

素直に驚きを表す森に、敏生はちょっとむくれつつも、やけに得意げな口調でこう言った。

「もう。僕だって、天本さんの助手なんですからね！　仕事のことも、ほかのことも、ちゃーんと覚えてますよ。天本さんより、よっぽどしっかりしてるんだから！」

椅子《いす》は大ホールを通り過ぎ、屋敷の外の墓地で繰り広げられる幽霊たちやゾンビたちの陽気な大騒ぎの場面になっていた。

「……ほかのこと？　そういえばさっきも、今日は特別な日だとか何とか言っていたな、君。いったい何を言……」

森は触れるほど近くに来た……ように見える幽霊のホログラフィーを見遣《みや》りながら、眉《まゆ》を顰《ひそ》め、敏生を追及しようとした。敏生は呆《あき》れ顔《がお》で、前方を指さす。

「そうですよ。ホントに駄目なんだから、天本さんは。……あ、ホラ、もうすぐ終わりですよ。僕の顔じゃなくて、お化け見てないと！」

「う……ああ」

森は渋々顔を前に向ける。敏生は、いやに楽しそうな、そのくせ少し心配そうな何やら企《たくら》んでいるらしき表情で、じっと息を潜めている。

幽霊屋敷ツアーの最後は、主人の別れの挨拶《あいさつ》と共に、椅子《いす》に座る二人の観客の間に幽霊のホログラフィーがニコニコ笑っているのが鏡に映し出されるシーンである。悪戯《いたずら》好きな幽霊が、観客にくっついて帰ってしまう……という趣向なのだ。

敏生があまりにソワソワしているので、奇妙に思った森が何か言おうと思った途端、椅子の背もたれ、ちょうど二人の頭の間に埋め込まれたスピーカーから、突然ハッピーバースデーのメロディーが流れ出した。

「……何だ？」

突然のハプニングに、森は呆気《あっけ》に取られ、背筋を真《ま》っ直《す》ぐ伸ばしたまま硬直する。敏生は、そんな森に抱きついて、声を上げて笑った。

「あははは、ホントに忘れてたんですね、天本さん。ほら、幽霊もお祝いしてくれてますよ」

なるほど、前方の鏡には、並んで座る森と敏生と、その二人の肩を抱くように映り込んだ中年男の幽霊の姿が映っている。幽霊の口が大きく動いて、スピーカーから陽気な男の声が聞こえた。

『ハッピーバースデイ！　特別な日に我らの屋敷をご来訪いただいたことを感謝する。楽

しい一日を！　そして幸多き一年を！』

「な……んだって……？」

予想外にもほどがある出来事に、森はポカンと口を開いたまま、ろくなリアクションもできずにいた。滅多《めった》に見られない、無防備な驚愕《きようがく》の表情である。

「あーほらほら、もう終わりですよ。降りなきゃ。もう一周するつもりですか？」

敏生はもう可笑《おか》しくてたまらないといった様子で、森の服の袖《そで》を引く。森は慌てて椅子《いす》から降りた。決して動きを止めない椅子は、次の観客を乗せるべく、列をなして静かに流れ去っていく。敏生は、まだ呆然《ぼうぜん》としている森の背中を両手でぐいぐいと押して、外へ出た。

「……いったいあれは……」

建物から一歩踏み出すと、冷たい冬の風が頬《ほお》を刺した。周囲はいつの間にか、すっかり暗くなってしまっている。各アトラクションや建物は美しくライトアップされ、ガス灯を模した、おそらくはそれよりずっと明るい外灯も、園内のあちらこちらで温かなオレンジ色に輝いていた。

敏生はうーんと伸びをしてから、まだ唖然《あぜん》としている森の顔を見上げ、ちょっと困った笑みを浮かべた。

「ホントに忘れてたんですね。今日は、天本さんの誕生日でしょう？　そんなにビックリされたら、僕が間違ったのかと思っちゃいますよ。ね、今日でしょう？」

森は深い深い溜《た》め息《いき》をついてから、敏生の顔を暗がりを透かすようにしてつくづくと見た。

「まさしく今日だ。だが完璧《かんぺき》に忘れていたよ。仕事をさっさと終わらせて家に帰って、正月の支度をすることしか頭になかった」

「んもう。だから天本さんはー。僕の誕生日はしっかり覚えてるくせに、自分のことにはいい加減すぎるんですよ。自分の誕生日くらいちゃんと覚えてて、プレゼントをリクエストするくらいじゃなくちゃ！」

敏生は両手を腰に当て、ままごとの母親めいた口調で小言を言ったが、すぐにはにかんだ笑顔になった。

「ホントは家でゆっくりお祝いしたかったんですけど、お仕事が入っちゃったから。どうしようかなって思いながらタイムスリップパークのガイドブックを見てたら、アトラクションのいくつかで、誕生日祝いのサービスがあることを知ったんです。それで、前もって電話で予約しておいたんですよ。ほら、この『スプーキィ・ハウス』って、龍村先生だけじゃなく、天本さんにとっても思い出の場所じゃないかなって思って。だからここを選んだんです」

「あんなサービスがあったなんて、知らなかったよ。心底驚いた」

「天本さん、ぽかーんとしてましたもんね。あんな顔、初めて見ました。あはは。どうだったですか、幽霊のお祝いメッセージは。気に入ってもらえました？」

「……それで君、一昨日《おととい》、『パストデイズ・ゾーン』に来る日をわざと調節するように浄化計画を提案したんだな？　そして今日も、俺を無理やり起こして……」

「無理言ってすみませんでした。どうしても、天本さんを今日ここに連れてきて、ビックリさせたかったから。……あの、嬉《うれ》しくなかったですか？」

森はフッと笑って、不安げに自分を見上げる敏生の肩を抱いた。

「一生忘れられない誕生日になったよ。……ありがとう」

「プレゼントはまだ買えてないんですけど、今年のうちにきっと渡しますから」

「いいよ。クリスマスプレゼントを貰《もら》ったばかりじゃないか。楽しみは間隔が空いたほうがいい。忘れた頃にくれればいいさ」

「そんなものかなあ。……あ、それじゃ、せめて今日の晩ご飯は僕の奢《おご》りにさせてください。バースデーケーキはないけど、デザートにケーキがオーダーできるレストランが園内にきっとありますよね。……ええと」

敏生はポケットから園内地図を出してガサガサと広げ、うん、と満足げに頷《うなず》いた。

「このゾーンの端っこに、よさそうなレストランがありますね。ナイトパレードが始まる前に、そこでご飯食べましょう。僕、もうお腹空《なかす》いちゃって」

「さっき、あんなに大きなクッキーを平らげておいてか？」

「あれはおやつですよ。ご飯はちゃんと食べなきゃ。もうゾーンの中は一周したし、下見は終了していいでしょう？」

「あ……ああ、まあ、な」

「だったら、晩ご飯食べに行きましょう。仕事前の腹ごしらえですよう。それから、パレード見るのによさそうな場所探さなきゃ」

まったく冬の寒さなど意に介さない敏生の元気いっぱいな様子に、森は感心半分呆《あき》れ半分の顔で首を振った。

「まったく、君はエネルギーの塊だな。パレードまで見るつもりか？」

「だって一昨日《おととい》は、仕事前だし初日だしって我慢して帰ってきたでしょう。昨日は僕がいなかったし。あ、まさか天本さん、昨日龍村先生と見ちゃいました？」

「まさか。何だって俺が、龍村さんと二人でパレードなんぞ見なければならないんだ」

「だったら、見ましょうよ。今日は天本さんのお誕生日だし……何ていうか、せっかくだから、二人の思い出に残る日にしたいじゃないですか。だから……」

そんな可愛《かわい》いことを言われては、「寒いし眠いから帰る」とは死んでも言えない森である。

「……では、お言葉に甘えて、ご馳走《ちそう》になるか」

「そうしてください」

「そして、売店でカイロでも買って、ナイトパレードに備えるとしようか」

「はいっ」

敏生の満面の笑顔に自分の口元も緩んでしまうのを感じつつ、森は敏生に手首を摑《つか》まれ、よろめきながら引っ張られていったのだった……。

2

結局、二人がホテルの部屋に戻ってきたのは、午後九時過ぎだった。閉園ギリギリまでパークで過ごしたことになる。

「はー、凄《すご》く寒かったけど、楽しかったですね」

雪国の子供のように頰《ほお》を赤くした敏生《とし き》は、極上の笑顔でそう言った。

彼が夢に見るほど楽しみにしていたというナイトパレードは、パーク自慢のイベントというだけあって、さすがとしか言いようのない大規模なものだった。豪華なイルミネーションに彩《いろど》られた巨大な山車《だし》が二十台ほど出て、その一台ずつに、数十人の、同じくコスチュームに電飾をつけたダンサーたちがつくのである。

山車はそれぞれ三つのゾーンのコンセプトに従い、恐竜や宇宙船、それに幽霊など、様々なデコレーションが施されていた。どれも工夫が凝らされていて、たとえば恐竜の山車では、車体からはみ出すほど大きな恐竜は風船のようなものでできていて、パレードの途中で、前足を振り上げたり、首を伸ばしたり、かなりリアルな動きをするようになっているのだ。

パレードは、パークのシンボルである「マウント・ヴォルケイノ」の周囲をぐるりと一回りして進む。幅の広い通路の両側には、ビッシリと隙間《すきま》なく観客が座り込み、目の前を山車《だし》が通り過ぎるたびに、溜《た》め息《いき》と歓声が上がった。

森《しん》と敏生は、ちょうど真正面に「マウント・ヴォルケイノ」が見える好位置に座り、パレードを最初から最後までしっかり見た。敏生はまるで幼い子供のように目を輝かせ、パレードに見入っていた。

そして……例によって森は、途中からパレードそっちのけで敏生の横顔に見とれてしまい、結局、最後に打ち上げられる大きな花火の轟音《ごうおん》に、ハッと我に返ったのだった。

花火が終わると、閉園を告げる音楽が場内に流れ始める。ゾロゾロと大河の流れのようにエントランスへ向かう人々の流れに乗って、二人もホテルに戻ってきたのだ。

「パレードの場所取りで、ずいぶん早くから外に座りっぱなしだったからな。身体《からだ》が冷えただろう」

そんな森の言葉に、敏生はちょっと心配そうな顔つきをした。

「あ、天本《あまもと》さん、風邪《かぜ》なんか引いちゃ嫌ですよ？　そうだ、早くお風呂《ふろ》入ってきてください。仕事前に一休みしなきゃ」

「大丈夫だよ。君が先に……」

「駄目ですよう、天本さんは誕生日の人なんですから！」

「そんなことは関係な……」

プルルルル！

二人の他愛《たわい》ない口論を遮るように、書き物机の上の電話が鳴った。近くにいた森が受話器を取り、耳に当てる。

「もしもし？」

（誰だろう。龍村《たつむら》先生かな？　河合《かわい》さんかな？　それとも早川《はやかわ》さん……？）

少し離れたところで森を見ていた敏生は、ハッとした。受話器に向かって受け答えをしていた森が、不意に頬《ほお》を引きつらせたのである。森のもともと色の白い顔から、見る間に血の気が引いていく。

「……わかりました。すぐ行くと伝えてください」

低い声でそう言って、森は受話器をガチャンと置いた。一つ深い息を吐いてから、敏生のほうを向く。

「フロントからだ。下に知り合いが来ているらしい。ちょっと会ってくる。そう長い時間はかからないから、先に風呂《ふろ》を使って休んでいろ」

表情はいつもと同じ冷ややかなそれだったが、声は無理に高ぶる感情を抑えているように、ほんの少し上擦っている。敏生は、不審げに首を傾《かし》げた。

「天本さん？　こんなところに知り合いの人って……」

「仕事の相手はどこにでも押しかけてくるものさ。すぐ終わるから、心配するな。待たなくていいから、風呂《ふろ》を使って、きちんと休んでおけよ。いいな？」

「……あ、はい……」

不自然なほど来なくていいからと繰り返して念を押し、森は慌ただしく部屋を出ていった。

「あ、天本さ……」

敏生は思わず森のほうに一歩踏み出したが、扉は容赦なく閉まってしまう。毛足の長い絨毯《じゅうたん》に吸い取られて、廊下を歩き去る森の足音すら聞こえない。

しんと静まりかえった部屋の中で、敏生はしばらく呆然《ぼうぜん》と立ち尽くしていた。森の様子は、あからさまに奇妙だった。少なくとも、嬉《うれ》しい訪問者でないことは確かだと敏生は思った。

「あ、もしかして早川さんかな。仕事のことで、何かあったのかも」

だが、最近は早川に対しても、あまり刺々《とげとげ》しい態度をとらなくなってきた森である。まして早川からの呼び出しなら、あんなに動揺した様子を見せはしないだろうし、敏生を伴いもするだろう。

（じゃあ、いったいどうしちゃったんだろう……）

敏生は思わず、ジーンズのベルト通しからぶら下がった羊人形に向かって呼びかけた。あるいは、小一郎《こいちろう》ならこっそり森の様子を見てきてくれるのではないかと思ったのだ。

「小一郎？」

だが、返事はない。あるいは、どこまでも森に忠実な小一郎のことだ。森についていったのかもしれない。

「いないんだ……。どうしよう。何か気になるけど、でも休めって言われてるしな……」

森の慌てようが心配ではあるが、彼のプライバシーを侵害することは気が引ける。敏生はあれこれ迷いつつ、自分もまだジャンパーを脱ぐことさえ忘れ……実際、首からポップコーンを詰めたプラスチック容器までぶら下げたままで、部屋の中をうろついていた。

……と。

「うつけ！」

「うわあッ」

突然、鼻先がくっつくくらいの真ん前に現れた小一郎に、敏生は驚愕《きょうがく》して絨毯《じゅうたん》に尻餅《しりもち》をついてしまう。その襟首をひっ摑《つか》み、乱暴に立たせて、小一郎は切羽詰まった様子で敏生に嚙《か》みついた。

「何をしておる！　何故《なにゆえ》、このようなところで油を売っておるのだ。何故、主殿《あるじどの》をおひとりで行かせた！」

「……え？　だ、だって、天本さんが来るなって」

まだ啞然《あぜん》としている敏生の両肩を摑み、小一郎は酷《ひど》く苛《いら》ついた顔つきで乱暴に揺すぶった。

「それが主殿《あるじどの》の仰《おお》せであろうと、お前は式《しき》ではない。ご命令を守らねば、その身が千々に裂けるわけではあるまいが」

「そ、そりゃそうだけど、でも……」

「とにかく早く行け！　俺では、主殿をお助けすることはできぬのだ。口惜《くちお》しいが、お前でなくては、主殿のお心をお支えすることはできぬ」

「それってどういうこと？　小一郎、何言って……」

　小一郎は敏生に皆まで言わせず、急《せ》き込《こ》むような早口でまくし立てた。

「俺は主殿の式神《しきがみ》だ。主殿のご命令とあらば、この身を投げ出すくらい何でもない。だが、主殿の命なくして、主殿の御為《おため》に何かをすることはできぬのだ。だがお前はそうではあるまい。お前は……」

「待って、小一郎。ちょっと落ち着いて」

　敏生は人差し指を小一郎の口に当て、黙らせた。小一郎の浅黒い顔には、異様な危機感が満ちている。勇敢な式神をここまで動転させる相手を、敏生はただひとりしか思いつけなかった。

「まさか……まさか天本さんが今会いに行ったお客さんって……、天本さんのお父さん？」

言葉で肯定することすら躊躇《ためら》われるのか、小一郎は黙って小さく頷《うなず》いた。敏生の幼い顔から、すっと血の気が引いていく。

「天本さんのお父さんが、どうしてこんなところに来たの⁉　天本さん、お父さんに何かされてるの？」

「ここに来られた理由は知らぬ。……今はまだ、主殿《あるじどの》と話しておられるのみよ」

小一郎は、呻《うめ》くように言った。

「あの御仁は、主殿の父君だ。ご尊敬申し上げるべきお方と心得てはおる。だが、俺には何やらあの御仁が……このような言い様は馬鹿げておるかもしれぬが、空恐ろしいような気がするのだ、うつけ」

「小一郎が誰かを怖がるなんて……どういうことさ？　何がいったいそんなに恐ろしいの？」

敏生の問いに、小一郎はきつく唇を噛《か》み、そして思いきったように口を開いた。

「わからぬ。俺とて、あの御仁に何かされたというわけではないし、あの方が主殿のような術をお使いになるところを見たわけでもない。俺が知っているあの御仁は、いつもぶ厚い本を静かに紐解《ひもと》いておられた。だが……」

「だけど？　教えてよ、小一郎。いったい天本さんのお父さんに、何を感じるの？」

「上手《うま》く言えぬのだ。だが、ただ何やら得体の知れぬ気配を感じる。……あの御仁を前にしたときの主殿《あるじどの》のご様子は、昔から尋常ではなかった」

「……得体の知れない気配……」

「今は長々と話しておる場合ではない。とにかく、お前は主殿のもとへ行かねばならぬ」

小一郎の双眸《そうぼう》には、キラリと細く、金色の妖魔《ようま》の瞳孔《どうこう》が開いていた。小一郎が本気なのだと、痛々しいほどに森を気遣って必死なのだと、何より真《ま》っ直《す》ぐに敏生に教えるサインである。

「わかった」

敏生は、小一郎の引き締まった二の腕に触れた。

「わかった。天本さんの傍《そば》に僕がいることが必要なんだね？　僕に何ができるかわかんないけど、とにかくそうしたほうがいいと小一郎は思うんだね？」

小一郎はきっぱりと頷《うなず》く。

「よし、行こう。小一郎は、人形の中から見てて」

敏生はクルリと踵《きびす》を返すと、そのまま部屋から駆け出した……。


訪問者は、広いロビーの一角にあるティールームで森を待っていた。ちょうど柱の陰で、ほとんど人目につかない場所である。森は硬い表情で、ツカツカとその人物に向かって歩み寄った。

その人物……森の父親トマス・アマモトは、森の顔を見上げただけで、立ち上がりはしなかった。ゆったりと片腕を挙げ、自分の向かいの席を指し示す。

「やあ。何とか今日のうちに会えたね、ルシファー。掛けなさい」

穏和な口調と柔らかな笑顔。洗練されたハリスツイードのスーツ。テーブルの上に置かれた中折れ帽。どこから見ても非の打ち所のない英国紳士の出《い》で立《た》ちと振る舞いである。ロビーという場所柄もあり、森も敢《あ》えて目立つような言動はせず、黙礼して父親の向かいに腰を下ろした。

すかさずウェイトレスが来て、森の前に水のグラスを置く。コーヒーを注文してウェイトレスを追い払った後、森は一つ深呼吸した。震えてしまいそうになる指先を隠すために、両手の指を腿《もも》の上で固く組み合わせる。

トマスはそんな息子の仕草を暗い青色の鋭い目でじっと見ていた。そして、息子とよく似た薄い唇に冷たい笑みを浮かべ、口を開いた。

「どうしてここがわかったのか、とは訊《き》いてくれないのかい?」

森は無表情に頭を振った。

「俺をいつも見ていると言ったのはあなたです、父さん。ですが、いったい何のご用ですか」

やれやれ、と大袈裟《おおげさ》に肩を竦《すく》め、トマスはジャケットの胸ポケットから煙草《たばこ》の箱を取り出した。骨張った指でクラシックな銘柄の煙草《たばこ》を取り出し、マッチを擦って火をつける。深々と吸い込んだ煙を細く長く吐き出してから、トマスは皮肉っぽい口調で言った。

「決まってるじゃないか。父親として、愛する息子の誕生日を祝いに来た」

森はさすがに眉間《みけん》に浅い縦皺《たてじわ》を刻む。

「冗談はよしてください」

「冗談なものか。ちと多忙だったのでプレゼントは持参できなかったが、せめて顔を見て、おめでとうを言ってやりたかっただけさ。時に、お前のあの可愛《かわい》い坊やはどこだ？　一緒に来ているんだろう？」

森は答えない。彼にしては珍しく敵意を剝《む》き出《だ》しにして、トマスの仮面を被《かぶ》ったような笑顔を睨《にら》みつけた。父親のほうは、煙草をくゆらせながら、背もたれに深く身体《からだ》を沈め、そんな息子の反応をじっくり味わうように眺めている。

「どうした？　お前はあの子のことになると、酷《ひど》く感情的になるようだね、ルシファー。そんなことではいけないよ」

「父さん、あなたは昔……」

森は押し殺した声で言った。

「うん？」

トマスは機嫌よく細い足を組む。体格においては森よりずっと小柄で痩軀《そうく》のトマスだが、今、彼は森よりずっと大きく見えた。それだけ、森が父親を前にして萎縮《いしゅく》しているということなのかもしれない。だが森は、掠《かす》れ声《ごえ》で話し続けた。

「小学生の俺が子猫を拾ってきたとき、父さんはそれを見つけて、何の躊躇《ためら》いもなく、すぐさまその手で殺した。覚えていますか？　そのときあなたが言ったことを」

「さて。何と言ったかな？」

肘掛《ひじか》けに片肘を置いたトマスは、その手で頬杖《ほおづえ》をつき、むしろ楽しげに訊《たず》ねる。森は、吐き気を堪《こら》えるような顔つきで、深く息を吐いてから答えた。

「あなたは自分が絞め殺した子猫のまだ温かい死体を俺の足元に投げ捨て、こう言ったんです。自分の身も守れない人間には、他の生き物を守り育てる資格などない。悔しければ強くなれ、わたしを阻《はば》めるほどに……と。お前にはその子猫のために涙を流す権利すらない。お前の未熟さと甘っちょろい同情心が、その子猫に死をもたらしたのだと」

トマスは、笑顔を崩さず、軽く顎《あご》をしゃくってみせた。

「おやおや、執念深くよく覚えているものだ。それで？　それがどうかしたかね」

森は父親の顔を真《ま》っ直《す》ぐ見据え、きっぱりと言った。

「俺が今、十分に強くなったかどうかはわかりません。ですが、父さん。俺は、これまでのようにあなたに無条件に膝《ひざ》を屈することは決してしないつもりです。あのときのように、次第に冷たくなっていく子猫を抱いて、涙を流すしかないような……そんな無力な自分ではないつもりです」

「ほう？」

「これだけは覚えていてください。敏生のことは、俺が、すべてを懸けて守ります。あなたに指一本触れさせはしません」

「おやおや。何か行き違いがあるようだね。この前会ったとき、わたしはあの子のことを、お前にふさわしい可愛《かわい》い伴侶《はんりょ》だと、そう言ったつもりだったんだが」

「…………」

森は沈黙でそれを肯定する。ウェイトレスが森の前にコーヒーを置いて去るのを待って、トマスはすっかり短くなった煙草《たばこ》を灰皿に擦《こす》りつけながら口を開いた。

「わたしはあの少年を高く買っている。そして彼を見いだしたお前の眼力にも感心している。さすが我が自慢の息子だとね。つまり、お前たち二人の前途を祝しているのだよ」

トマスが片手を伸ばして頰《ほお》に触れようとするのを、森は軽く腰を引いて拒んだ。そして、硬い声音で問いかけた。

「敏生のことも、調べ上げたんですか？」

「当然だ。ろくに素性を調べもしないで、彼をお前のパートナーと認められるわけがないだろう。身の上を知っているからこそ、わたしは彼のことを評価しているのだよ。……それにしても、あの子は逸材だ。お前にもっともふさわしい相手と言える。時にルシファー、あの子をもう抱いたのかね？」

「な……っ」

　森の白皙《はくせき》の面《おもて》にさっと朱の色が差す。思わぬ質問に動揺した森は、思わず平手でテーブルを叩《たた》いた。天板の振動に、コーヒーカップとソーサーが派手《はで》な悲鳴を上げる。

「そう簡単に興奮するな。自分の感情を完璧《かんぺき》にコントロールできてこそ、コンスタントに強い力を発揮することができるのだ。だが、その様子を見るに、あの子にはまだ手をつけていないようだね」

「……答える義務はありません」

　森は、隠しきれない怒りを全身にみなぎらせ、膝《ひざ》の上で両の拳《こぶし》を握り締める。少し霊感のある人間なら、森の全身から青白い殺気が立ち上るのが見えたことだろう。だがトマスは少しも動じる気配を見せない。そればかりか、満足げに頷《うなず》いてこう言った。

「そうか、さすがだな、ルシファー。まだ正しい時が来ていないことを、お前は本能的に感じ取っているのだろう。それでいい」

　その父の言葉に、森は眉根《まゆね》を寄せた。何かが心の中で、危険信号を発している。これ以上続きを聞いてはいけないと警告する自分と、父が何を考えているのか知っておかなくてはならないと強く欲求する自分が激しくせめぎ合っていた。

　そして森は……迷いつつも、重い問いを目の前の冷たい笑みを浮かべた男に投げかけた。

「それは……正しい時とは、いったいどういう意味ですか？」

　それを聞いた瞬間、トマスの顔から拭《ぬぐ》ったように笑みが消えた。冬の海の色をした両眼に、氷のように鋭利な光が宿る。彼は、ゆっくりと組んでいた足を下ろした。森のほうへ、軽く上体を傾ける。そしてトマスは、静かに答えた。

「それをわたしに訊《き》くのかい？　お前はとうに、あの子が精霊《せいれい》と人間の間に生まれたことを知っているだろうに」

　森は無言で頷《うなず》く。トマスは猫が捕らえた鼠《ねずみ》をいたぶるときのように、意地悪くゆっくりと言葉を継いだ。

「だが今のところ、あの少年の資質は人間に傾いている。時に精霊の特性を顕《あらわ》すこともあるが、それはほんのわずかの間であり、滅多《めった》に本来の強大な力を発揮することはない。そうだね？」

「……ええ」

　森は低い声で答える。トマスは森の瞳《ひとみ》をじっと見つめ、教師めいた口調で質問した。

「それは何故《なぜ》だと思う？」

　森はしばらく考え、そして結局力なく頭を振った。

「わかりません」

「不勉強だな。わたしの考えを聞かせようか。原因はおそらく、あの子が持っている龍《りゅう》珠《じゅ》だよ、ルシファー。あれもまた希有《けう》な代物だ。どうやってあの少年の母親が……蔦《つた》の精《せい》霊《れい》が手に入れたかはさすがのわたしも知らないがね。あの水晶の珠《たま》は龍の血で磨かれ、その中には、珠のかつての持ち主であったいにしえの異国の魔道士たちの魂が宿っている。素晴らしい力と膨大な知識を宿す、あの子にとっては何より強力な守《しゅ》護《ご》珠《じゅ》だろう。……だが、あれがあの子が本来持っている素質を……精霊としての力を発揮することを阻《はば》んでいるのではないだろうか。わたしはそう踏んでいる」

「守護珠が、敏生の能力を抑えているということですか？」

「結果としてそうなっているということだ。なまじあの龍珠の力が強いために、あの子は精霊の力をそれほど使わずとも危機を乗りきってこられたのだろう。あるいは、それが母親の狙《ねら》いだったのかもしれないな。息子が人間として生きていくことを望んだからこそ、あの珠を与え、精霊の血の発現を抑えようとした……とは考えられなくはないかね。どうだ、ルシファー。わたしのこの仮説を証明するための実験をしてみたくはないか？」

「……父さん、いったい何を言って……」

森は愕然《がくぜん》として父の話を聞いていた。トマスは、森が思いつきもしなかった理論を展開し、しかもそれを検証したがっている。そのことが、森を酷《ひど》く動揺させた。

森が少年時代、トマスは時折彼の専門の民俗学分野について、持論を熱心に身振り手振りを交えて語ったものである。そのときを思い出させるような激しい口調で、トマスは森の狼狽《ろうばい》ぶりなど気にも留めず、熱っぽく続けた。

「手法は簡単だ。そうだろう？　あの龍珠《りゅうじゅ》の守護がなくなれば、大きな危機に陥ったとき、あの少年は今より強く精霊の資質を開花させるかもしれん。そうなれば今よりずっとあの少年はお前にとって価値あるものになるだろう。そしてそのときこそ……」

「やめてください、父さん！」

「何をだね、ルシファー。親の言葉を遮るなどという不作法を、わたしはお前に教えた覚えは……」

「あなたが何を考え、何を望んでいるか……そんなことは俺の知ったことではありません。ですが敏生はあなたの実験動物ではないんです。かつての母さんや俺のように、あなたの好きには……」

たまりかねた森は、父の話を乱暴に打ち切った。そして、憎悪にも似た激情が胸に込み上げるに任せ、敏生には手を出すなと怒鳴ろうとした。

「天本さん！」

そのとき、森にとっては耳慣れた……そして今いちばん聞きたくなかった声が、背後で聞こえた。森はハッとして振り向く。そこには、いつになくキッとした表情の敏生が立っていた。敏生は森の肩に片手を置くと、トマスに向かって丁寧に頭を下げた。

「敏生……」

森は困惑の眼差《まなざ》しを敏生に向ける。敏生は、すまなそうにごめんなさいと森に言ってから、鳶色《とびいろ》の澄んだ瞳《ひとみ》でじっとトマスを見下ろした。トマスは、飛んで火に入る夏の虫とでも思ったのか、実に嬉《うれ》しそうに敏生に片手を差し出した。

「一度、家の前で会ったね。あのときは、自己紹介もせずに失礼した。ルシファーの……森の父だ。君のような素晴らしい存在が、わたしの息子を選んでくれたことを嬉しく思っているよ」

「あの……琴平《ことひら》敏生、です。天本さんにはお世話になってます」

どう解釈していいかわからないトマスの自己紹介に、敏生は素直な困惑を示しつつも、ありふれた挨拶《あいさつ》を返し、差し出された右手を軽く握っただけで素早く手を引っ込めてしまう。それに気分を害した様子もなく、トマスは上機嫌に森の横の席を敏生に勧めた。

「どうぞ、座りたまえ」

「敏生。座る必要はない。話は終わった」

だが森は、敏生がそれに返事をする前に、自分がすっくと立ち上がった。さりげなく、トマスと敏生の間に、自分の長身をねじ込む。

「ルシファー？　わたしの話はまだ終わってはいないよ。それに、わたしは琴平君と……お前の可愛《かわい》い恋人と話してみたいんだがね」

可愛《かわい》い恋人呼ばわりされ、これまでの二人の話のなりゆきをまったく知らない敏生は、森のコートの背中に張り付くように立ったまま、顔を真っ赤にした。それとは対照的に、森は紙のように白い顔を強張《こわば》らせ、硬い声で言い放った。

「父さんの戯《ざ》れ言《ごと》をこれ以上聞く気はありません。あなたは俺の誕生日を祝いに来てくださったと仰《おっしゃ》ったはずですし、そのお気持ちは十分に頂いたと言っておきます。どうぞ、お引き取りください。俺たちはまだ仕事の途中なんです。貴重な休息のための時間を、これ以上無駄にできません」

「あ、天本さん、そんな……」

敏生は父と子の顔を見比べ、困り果てた顔をした。これまでの二人の会話が、よもや自分についての話だったとは知るよしもない敏生は、森の頑《かたく》なな、敵意剝《む》き出《だ》しの態度の理由が理解できずにいるのだ。

そんな敏生を背中に庇《かば》い、森は気力のすべてを鋭い両眼に込めた。トマスは息子の刃《やいば》のように厳しい視線を軽く受け止め、ふっと嘲《ちょう》笑《しょう》に口元を歪《ゆが》めた。

「なるほど。息子は、父親のわたしが君と話すことにすら嫉妬《しっと》を覚えるらしいよ、琴平君。よほど君に心奪われているとみえる。だが、君のほうはどうかな。君は息子のことを、それほどまでに愛してやってくれているかね?」

「敏生、答えなくていい。部屋に帰っていろ」

森はそう言ったが、敏生はギュッと森のコートの袖《そで》を握り、拒否の意を無言のうちに示した。そして、羞恥《しゅうち》に頬《ほお》を染めつつも、ハッキリと答えた。

「僕、天本さんのことが大好きです。僕にとっては、世界でいちばん、大事な人です」

トマスは満足げに頷《うなず》き、問いを重ねた。

「それは素晴らしい。では、今よりもっとルシファーの役に立ちたいとは思わないか？」

「敏生、もういい」

森はそっと背後に手を回し、敏生を牽制《けんせい》する。だが敏生は、その冷たい森の手をギュッと握って言った。

「思います」

「ならば……」

トマスは自分も立ち上がり、両手を広げた。

「ならば、わたしの教育を受けてみないかね」

「どういうことですか？」

敏生は森の手を握り締めたまま、トマスから一瞬も視線を逸《そ》らさず問いかける。トマスは、自信に満ちた表情と声で言った。

「ルシファーは幼い頃よりわたしに導かれ、天性の素質に磨きをかけた。わたしは残念ながら君たちのようなずばぬけた『力』を持たないが、その代わり、教育者としての才能を神に与えられたと自負している。君はお母さんから精霊《せいれい》の素晴らしい能力を受け継いだにもかかわらず、それをまだ完全に発揮できてはいない。精霊の力と、君が受け継いだその龍珠《りゅうじゅ》の力、双方を自由に操ることができて初めて、君は強力な術者となる。そして、ルシファーの強力な片翼となることができるのだ」

「僕の……力？」

「そうだとも。息子の力と君の力、それを合わせれば最強の術者コンビになれるだろう。そして、将来的には……いや、それは気の早い話だな。今はまだ言うまい。とにかく、わたしなら、君の才能を短期間のうちに飛躍的に発達させることができる。息子を本当に愛しているなら、そうすべきだとは思わないかね？　愛する人間を確実に守れるように」

（……天本さんとお父さん、こんなこと話してたわけ？）

敏生はゾッと身を震わせた。トマスの表情や口調は紳士的であるし、外見も森とよく似た端正なたたずまいで、まったく警戒心を刺激する要素はないはずなのだ。

だが、腐った果実が甘く爛《ただ》れた匂《にお》いをまき散らすように、トマスの全身からは、禍々《まがまが》しい気が立ち上っているように敏生には思えた。そしてその気のせいで、敏生はさっきからずっとうなじの毛がチリチリ逆立つような嫌悪感《けんおかん》を覚えていた。初めて、森が父親のことを酷《ひど》く恐れる理由が、ほんの少し理解できた気がしたのである。

（だいたい、どうして天本さんのお父さんが、母さんのことや、守護珠《しゅごじゅ》のことを知ってるのさ。天本さんがそんなこと、わざわざ話すわけないし。あ……まさか、天本さんだけじゃなくて、僕のことも……。もしかしたら、天本さんの周りにいる人みんなのことを調べ上げてるんだろうか、この人は……)

背筋が凍るような思いをしつつも、敏生は怯《ひる》まなかった。握り合った手から、森に自分の思いが伝わってくれるよう祈りつつ、今は自分より高いところにあるトマスの顔を毅然《きぜん》とした表情で見上げた。

「僕は、天本さんのことが好きです。でも、術者としての天本さんだけが好きなんじゃありません。小説家の天本さんも、ううん、そんな肩書きなんかない、ありのままの天本さんが大好きなんです」

「敏生……」

真《ま》っ直《す》ぐな言葉が、森のささくれだった心に染《し》み渡《わた》っていく。敏生は、一層声を励まして言った。

「天本さんの役に立ちたいって気持ちは、いつだってあります。だけど、天本さんを好きな僕も、やっぱり術者としての僕だけじゃなくて、丸ごとの僕なんです」

「と言うと？」

敏生は、考えてゆっくり言葉を選びながら言った。

「天本さんにふさわしい人間になるためには、もっと強くならなきゃ、とは思います。だけどそれは、えと……トマスさん、が仰《おっしゃ》ったように、術者としての力を強くするってことだけじゃなくて……。上手《うま》く言えないですけど、僕が強くありたいと思うのは、力じゃなくて、心なんです」

「心？　さすがアーティストの卵、詩的な表現をするね。しかし、そんなものが何になる？　実際問題、君がルシファーのことをどれだけ深く思おうと、それが何の役に立つのかね？」

そんな意地の悪い問いにも、敏生は躊躇《ちゅうちょ》なく即座に答えた。

「役に立たないかもしれないけど、でも、やっぱり力がすべてじゃないと思います。精霊《せいれい》の力は、誰かを傷つけるためのものじゃないです。母さんが僕に伝えてくれた守護珠《しゅごじゅ》に宿る古い命たちも、僕が正しくない心……憎しみや怒りの心を持っていれば、絶対に力を貸してくれないと思うんです。だから、わたしの導きは必要ないというわけか。君はわたしをよほど邪悪な存在だと思っているようだね。ルシファーに何を吹き込まれているやら」

「天本さんは悪くありません。僕はただ、あなたが人を守る力より、人を傷つける力ばかりを重要だと思ってるような気がしただけ……あっ」

トマスに抗議しようと、敏生は思わず森の手を離し、一歩前に進んだ。しかしそれこそが、トマスが待っていた瞬間だったのだ。彼は不意に手を伸ばし、敏生の手首を強く引っ張ったのである。虚を衝《つ》かれた敏生は、次の瞬間、低いテーブルを乗り越え、トマスの腕に背後からしっかりと抱かれ、動きを封じ込められていた。

「父さんッ！」

そこがパブリックスペースであることも忘れ、森は声を荒らげた。テーブルを乱暴に押しのけ、腕を伸ばして、父親の手から敏生を取り戻そうとする。だがトマスは半歩下がり、敏生の首に手を当てた。その手には、ごく小さな、しかし鋭利なナイフが握られている。

「な……」

森は息を呑《の》んだ。敏生も、突然のトマスの凶行に、恐怖と驚きで声も出ない。ただ鳶色《とびいろ》の目をいっぱいに見開いて、目の前の顔色を失った森を凝視しているだけだ。

「どうだ、ルシファー。お前がわたしに触れる前に、わたしはこの少年が声ひとつ上げる間もなく、細い首を掻《か》き切《き》ることができる」

トマスの手がわずかに動き、敏生がヒッと喉《のど》を鳴らした。ナイフの切っ先が、柔らかな皮膚をほんの少し傷つけ、敏生の白い首に、みるみる赤い血が一筋滲《にじ》む。

「父さん、敏生を……敏生を放してくださいっ」

歯がみしてそれを見ているしかない森を、トマスは静かに、しかし容赦なく嘲笑《あざわら》った。

「これでわかったろう？　お前はまだまだ昔のままだよ、ルシファー。昔とまったく同じに、愛《いと》しい存在がわたしの手で傷つけられるのを見ているしかできないのだ。悔しいか？ ついさっき、この子に指一本触れさせないと言ったのは誰だったかな」

「……くっ……」

「強がってみても、力が伴わなければ意味がない。お前はまだ、私の翼の下を無様に這《は》いずっているにすぎないのだよ、ルシファー」

森は唇を噛《か》んだが、敏生をこれ以上傷つけられることを恐れ、身構えたまま一歩も動くことができない。

「……まもと、さ……」

敏生は、喉《のど》に押し当てられたナイフの冷たさに身を震わせながら、掠《かす》れた声で森の名を呼んだ。森にはそれが、助けを求める呼びかけではなく、自分を気遣ったものであることを即座に悟った。敏生のいかなるときも澄みきった硝子玉《ガラスだま》の瞳《ひとみ》が、何より雄弁にこう訴えていたのである。

(天本さん、落ち着いて。罠《わな》にはまらないで。行動できないからって、負けたわけじゃないです。気持ちが挫《くじ》けなければ、まだ負けてなんかないんです)

「敏生……」

森はハッとして、すぐ目の前にいるのに触れることができない愛しい少年の顔を見た。青ざめ強張《こわば》った頬《ほお》をした敏生は、それでも何とか小さな微笑を口元に浮かべ、小さく唇を

動かした。

――だ・い・じょ・う・ぶ。

(敏生……!)

森は、カッと目を見開いた。敏生が必死で恐怖に耐え、自分を励ましてくれていることが、彼の胸を強く打った。敏生の真心と自分に対する信頼が、渇いた心に水を注ぎ込んでくれるようだった。

(そうだ。……脅しに負けてはいけない。敏生を守りたい気持ちは、こんな卑怯《ひきょう》な仕打ちで変わったりしない。だが……)

だが、敏生が父の手の中にあるということは、動かぬ事実なのだ。どうやら敏生のことを大いに気に入っているらしきトマスである。敏生に危害を加えるとは思えないが、このままどこかへ連れ去ってしまいはしないかと、森は背中に冷たい汗が伝うのを止めることができなかった。

トマスは楽しげに、敏生の首に触れそうなところでナイフを動かしつつ、暗い眼差《まなざ》しを森に向けた。

「さて、この可愛《かわい》い蔦《つた》の精霊《せいれい》をどうしようかね、ルシファー。この状況で、お前はどうやってこの子を守るつもりだ? わたしの足元にひれ伏して許しを乞《こ》う。それ以外にできることはあるかね?」

「父さん……。何故《なぜ》、こんなことを」

　森は、ひび割れた声で問いかける。それに対するトマスの返答は明快かつ残酷なものだった。

「何故？　愚かな問いだね、息子よ。わたしは、お前を愛している。いつもそう言っているだろう。だからこそ、お前の思い上がりを容認するわけにはいかないのだよ。お前に、自分がまだ無力な存在であること、そして未《いま》だに父親の導きを必要としていることを、教えてやらなくては……そう思ったのだ」

「天本さんは……無力なんかじゃありません」

　敏生は、トマスの腕に縛《いまし》められたまま、震える声で、しかしきっぱりとそう言った。トマスの腕は細いくせに驚くほど力強く、喉《のど》に押し当てられたナイフと相まって、敏生は身じろぎすることができない。だが敏生は、必死で恐怖に耐え、涙一つこぼさず森を見つめ続けていた。

　そして森は、二人の視線を通じて、互いの心が一つに強く結びつけられていることを、強く感じていた。幼い頃から、ほとんど条件反射のように父を畏《おそ》れ敬うよう、教え込まれていた。その呪縛《じゅばく》が、今も森の心を強く支配し続けている。だが今、敏生の優しい瞳《ひとみ》が、森を守り、力づけてくれるように森には思われた。

「ほう。琴平君の信頼は、お前の意思よりずっと強固なようだよ、ルシファー。さて、どうするかな。このままこの少年を連れ去るのも一興かもしれないね」

「……させません。絶対に」

森は、一歩進み出た。トマスは、敏生の首筋にナイフを再び押し当てる。敏生の唇から、ごく小さな声が漏れた。トマスは、シルバーブロンドの髪を一筋も乱さず、小さな子供をからかうような口調で言った。

「ほう。どうするかね。わたしに術でもかけてみるか？　わたしにも、少しばかりは術者の真似事《まねごと》ができるのだよ、ルシファー。心配しなくても、さっきから、周囲の人間が我々に注意を払わないよう、軽い術をかけてある。結界とまではいかないが、お前が少々乱暴な振る舞いをしても、誰も気にしないだろう」

「…………」

森は、無言のまま、パキリと親指を鳴らして握り込んだ。略式の祓《はら》いである。

（天本さん……！）

敏生は、森がついに実の父親に彼の持つ「力」を使って攻撃しようとしているのを察し、小さくかぶりを振った。

（いけない、天本さん。挑発に乗って、お父さんに攻撃したりしちゃ駄目です。それは、正しい「力」の使い方じゃない……！）

その想《おも》いは、驚くほど正しく森に伝わる。森は苦しげに顔を歪《ゆが》めた。

（だが……。だが、このまま君を連れ去らせるわけにはいかない。俺は、いつも君の傍《そば》にいると約束した……！）

「さあ、どうするね、ルシファー。わたしは根気強い男だが、多忙の身だ。早く決断しなさい。わたしと戦うか、わたしに膝《ひざ》を折るか。この少年は、お前の決定に従うだろう」

「…………」

森はきつく唇を噛《か》んだ。ロビーに流れる軽やかな音楽が、三人の間を居心地悪く通り過ぎていく。

……と。

動きを止めた三人の前に……敏生の目の前に、音もなく現れた人影がある。

「小一郎！」

森と敏生の声が同時に響いた。黒衣の式神《しきがみ》は、何も言わず、ただ野獣の殺気を全身にみなぎらせてトマスを見据えた。トマスは、さすがに少し驚いたらしく、右眉《みぎまゆ》だけを冷ややかに上げる。

「式神か。あれがここまで成長したとは、お前もいい教師になれそうだな、ルシファー。だが、主《あるじ》の命令なしに、わたしに何ができる？　若き妖魔《ようま》よ、そこに突っ立っているだけで、主の身を守っているつもりか？」

「こいち……ろ……」

敏生の声に、小一郎は小さく頷《うなず》いた。そして、傲然《ごうぜん》と腕を組み、怒りを押し殺した声で言った。

「俺は、主殿《あるじどの》よりこやつを守るよう、仰《おお》せつかっている。それゆえ、いついかなるときでも、こやつを守るための行動をとることができるのだ」

「ほう。面白いことを言う。ではお前は、身動きならないお前の主人の代わりに、この少年を救うつもりか。健気《けなげ》なものだな。……だが、どうする？ 妖魔《ようま》といえども、このナイフより速く動くことはできまい」

トマスは勝ち誇った口調でそう言ったが、次の瞬間、その酷薄な唇が、ピクリと痙攣《けいれん》した。彼の背中に、何か硬いものが押しつけられたのである。

「こうするんですよ」

豊かに響くバリトン。その声に、振り向くことはできない敏生も、驚きの声を上げた。

「……龍村先生⁉」

森も、意外な乱入者に、驚きの目を見張る。

「龍村さん……それに、河合さんまで」

そう、いつの間にか、龍村と河合が、トマスの背後に忍び寄っていたのである。龍村は、トマスの背後から、その耳元で囁《ささや》いた。

「琴平君を放していただけませんか？ 僕は医者です。刃物の扱いは、おそらくあなたよりもプロフェッショナルだと思いますが」

河合も、トマスのすぐ傍《かたわ》らに立ち、いつものののんびりした口調で言った。

「あー。お久しぶりで。あんまりオレの可愛《かわい》い弟子と孫弟子を虐《いじ》めんといてもらえませんか。……さて、こっちに琴平君、返してもらいましょか」

「龍村先生……河合さん……」

敏生は、ただ大きな目を裂けんばかりに見開き、森と、かろうじて横目で見える河合の顔を見比べる。河合は相変わらず眠ったような表情のままで、無造作に敏生の肩に触れた。じんわりと温かい波動が、河合の手のひらから敏生に伝わる。

トマスは、ふっと冷ややかに笑い、敏生から手を離した。首からナイフが取りのけられた途端、敏生は河合にぐいと腕を引かれる。河合は敏生を抱え、トマスから一歩離れた。

龍村は、それを横目で見守りながらも、トマスの背後にじっと立ち続けている。

「……なるほど。友情か。仲間を使うというのも、有効な戦術の一つだ。確かにこの数年で、お前は大きく成長したようだな、ルシファー」

「……父さん……あなたという人は！」

森は、まだ怒りに拳《こぶし》を震わせつつ、鋭い眼差《まなざ》しで父親をじっと見据える。トマスは、両手で着衣の乱れを直し、そしてテーブルから中折れ帽を取り上げた。表情を隠すように帽子を目深《まぶか》に被《かぶ》り、トマスは森を、そして河合の両腕に守られるように抱かれている敏生を、そして振り返って巌《いわお》のように厳しい顔をした龍村を順番に見てから、両腕をすっと挙げた。

「ほんの茶番だよ、ルシファー。そんな顔をしなくても、最初からこの少年はお前に返してやるつもりだった。わたしにとっても、まだ『正しい時』は到来していないのだ。……だが、もう一度言っておく。わたしはお前をいつも見ているし、お前は未《いま》だわたしを凌駕《りょうが》してはいない」

「………」

「また会おう。ルシファー、そして可愛《かわい》い精霊《せいれい》君」

五人が……いや正確には四人が無言で見守っている中、トマスは口角を吊《つ》り上《あ》げて冷たい笑みを浮かべ、軽く手を挙げてから、踵《きびす》を返した。左足を軽く引きずる独特の歩き方で、エントランスに向かってゆっくりと歩いていく。

その姿が硝子《ガラス》の向こうに消え去って初めて、敏生はふうっと詰めていた息を吐いた。急に張りつめていた緊張の糸が切れ、そのまま河合の腕の中で、ズルズルと床に頽《くずお》れる。

「敏生ッ」

森は弾《はじ》かれたように敏生に駆け寄り、その華奢《きゃしゃ》な身体《からだ》を支え起こした。まだ小刻みに震える敏生を、しっかりと抱き締めてやる。敏生は森の胸に顔を埋《うず》め、ようやく安心したように目を閉じた。

「はー、何とか間に合ったか。よかったなあ、龍村君、小一郎」

「まったくですよ。やれやれ、元演劇部でよかったことだ。慌てすぎて、これしか武器が見あたらなくてな。ばれたらどうしようと、ヒヤヒヤものだったぜ」

河合はにんまりと笑い、龍村も苦笑いで手に持っていた「武器」を持ち上げた。それは刃物などではなく、プラスチックの短い定規だった。

森は怪訝《けげん》そうに小一郎を見た。

「小一郎？　いったいお前は……」

だが、小一郎が返事をする前に、龍村がこう言った。

「とにかく、いったん部屋に戻ろうぜ。この状況で人目につくのはまずいだろう。説明は、部屋で詳しく……な」

「ああ」

いくらトマスが周囲の人間の目を逸《そ》らす術をかけたといっても、本人が去った後、いつまでももつものではない。四人は、慌ただしく客室に引き上げた。

足元がおぼつかなく、森に抱きかかえられるようにして部屋に戻った敏生は、ソファーに落ち着いてもまだ震えが止まらない様子だった。

龍村は、そんな敏生の首の傷を確かめ、安心したように頷《うなず》いた。

「刃先がほんの上《うわ》っ面《つら》を掠《かす》っただけだな。痕《あと》も残らないよ。ヒリヒリするかもしれないが、心配ない。どうやら、茶番というのは本当だったようだ」

「……はい」

敏生は少しほっとしたように頷《うなず》いた。ずっと気丈に振る舞っていた敏生だが、やはり相当に怖い思いをしていたらしい。

森は、皆に茶を淹《い》れてから、敏生の隣に腰掛けた。敏生が、ギュッと森の腕にしがみつく。

「河合さん、龍村さん、おかげで助かりました。しかし、いったいどういう……」

「主殿《あるじどの》。この小一郎、出過ぎた真似《まね》をいたしました。申し訳ございませぬ」

ソファーのすぐ脇《わき》に、小一郎が跪《ひざまず》いた。深々と頭《こうべ》を垂れる式神《しきがみ》を、森は困惑の眼差《まなざ》しで見遣《みや》る。龍村は、そんな小一郎を庇《かば》うようにこう言った。

「小一郎はな、僕と河合さんを捜し出して、ここまで大急ぎで連れてきてくれたんだよ。さっきお前の親父《おやじ》さんに言ってたように、お前から琴平君を守るようにと命令を受けている。だから、琴平君を守るために、力を貸してくれと言ってな。式神君も、いろいろと理屈をこねて動くために苦慮してるんだぜ、天本」

「……そんなことを……」

河合も、ニコニコして言葉を添える。

「せや。お姉ちゃんとしっぽりええ感じのとこに、どえらい剣幕《けんまく》で突っ込んできてなあ。しゃあないから、命の次に大事なデートほったらかして、文字どおり飛んできてんで」

「そうそう。だから、妖《あやか》しの道に河合さんと二人して宙ぶらりんにされたまま、お前と親《お》父《じ》さんの会話をずっと聞いてたんだ。出ていって、立ち聞きがばれるとまずいだろうと思ってな。それで……」

「それで、河合さんと龍村先生がこっそり忍び寄ることができるように、自分が先にあんな目立つところに出てきたんだね、小一郎。トマスさんの目を、自分に引きつけて隙《すき》を作るために」

敏生の言葉に、顔を上げた小一郎はうっそりと頷《うなず》いた。敏生の澄んだ目に、みるみる涙が滲《にじ》んだ。敏生は、ぺこりと頭を下げた。

「ありがとうございました。龍村先生、河合さん、それに小一郎。……僕が不注意だったから、天本さんを大変な目に遭わせてしまって……」

「君のせいじゃない。俺が不甲斐《ふがい》なかったんだ。……すみませんでした、お二人とも。……それに小一郎。よくやってくれた」

「はっ――」

森に労《ねぎら》われ、ホッとしたように小一郎は再度頭を下げ、姿を消した。龍村は、小一郎が消えた跡を見遣《みや》り、それからいかつい肩を揺すって立ち上がった。

「やれやれ。もう十時過ぎか。今夜も真夜中に出動だろう？　とにかくお前たち、少し休めよ。こんなことの後だ、眠れやしないだろうが、身体《からだ》を休めるだけでも、な」

森は、敏生の肩を抱いたまま、龍村の四角い顔を見上げる。

「ああ。……あんたは？　仕事中に来てしまったんじゃないのか？」

龍村は、片頬《かたほお》だけでほろりと笑って言った。

「もう、あらかた終わってた。心配しなくていいさ。今夜が、今年最後の『仕事』なんだろ？　僕もつきあう。その前に、我々はひと寝入りしますか、河合さん」

龍村に親しげに呼びかけられ、河合はちょっと驚いたように眉毛《まゆげ》をハの字にしたが、すぐににんまり笑って頷《うなず》いた。

「せやな。オレも、お姉ちゃんキャンセルしてしもたし、今夜はもうひと働きすることにするわ。出かける前に、風呂《ふろ》入ってのーんびりしよか」

「ですな」

龍村の手を借り、河合もひょいと立ち上がった。正確に森と敏生のほうへ顔を向け、見えない目を三日月のようにして、河合は言った。

「ほな、オレら向こうの部屋に引っ込むし、あんまり時間ないけど、よう休んで、気分立て直しときや。……どないなときでも、ええ仕事するんが一流の術者やで？」

「……はい」

森は、深く頷《うなず》く。河合はカエルのような顔で頷き返し、龍村と共に寝室へと去っていった。

静まりかえったリビングルームで、敏生はしばらく黙って森の身体《からだ》にもたれていた。森は、そんな敏生の髪を、ゆっくりと撫《な》でてやる。

やがて敏生は、小さく身じろぎして言った。

「龍村先生と河合さん、仲直りしたのかな……。何だか急に仲がよさそう」

「さあ。どうだろうな」

森は昨日の龍村の言葉を思い出しながら、敢《あ》えて曖昧《あいまい》な返答をし、そして敏生の顔を覗《のぞ》き込《こ》んだ。

「大丈夫か？　怖かっただろう。すまない。……あれが俺の実の父親なんだ」

敏生は顔を上げ、ようやく血色の戻った頰《ほお》に微《かす》かな笑みを浮かべてかぶりを振った。

「ごめんなさい。僕がもっと気をつけてればよかったんです。……それに怖かったけど、天本さんと気持ちが通じ合ってるってわかって嬉《うれ》しかったし。天本さんが、どうしてお父さんのことあんなに怖がるのか、ちょっとだけわかった気もしますし。……ねえ、天本さん。僕が来る前、お父さんとどんなこと話してたのか、訊《き》いてもいいですか？」

「……ああ」

森は少し躊躇《ためら》ったが、父との会話内容をごく簡潔に、敏生に話して聞かせた。敏生は、素直な驚きを示す。

「僕のこと、何から何まで調べてるんですね。……それに、僕の精霊《せいれい》の力に凄《すご》くこだわってるみたいだ。どうしてだろう……」

森は、力なく目を伏せた。

「今はまだわからない。あの人が俺と君の力を使って何かをしようと企《たくら》んでいること以外はな」

「天本さんのお父さんって……ただの学者さんじゃないんですか？」

「情けない話だが、それすらも俺には答えられないよ。昔からあの人は、すべてにおいて謎《なぞ》めいた人だったんだ。……だが、俺はもう決して屈しない。君のことは、必ず守るから」

「またそんなこと言うんだから。嬉《うれ》しいですけど、そんなこと言っちゃ駄目です」

敏生は困ったように笑って、森の腕に再び身を投げる。森は、ゆったりと敏生の身体《からだ》を抱き、眉根《まゆね》を寄せた。

「何が？」

「そんなふうに、自分で全部抱え込んじゃ駄目ですってば。天本さんはずっとひとりで戦ってこなきゃいけなかったけど、今はもうそうじゃないでしょう？　僕も小一郎も、龍村先生も河合さんもいます」

「……ああ。それはわかってる。だが、俺の大切な人たちを、俺の家庭の問題に巻き込むわけには……」

「お願いですから、そうやって心を閉ざさないでください」

敏生は、つらそうな森の頬《ほお》を自分の温かな手のひらで包むように触れた。

「だってもう、僕たちはとっくに巻き込まれてますし、そのことを全然嫌だと思ってないです。少なくとも僕は、天本さんとお父さんの問題を知ることができてよかったと思ってます。龍村先生だって河合さんだって、きっと僕と同じ気持ちだと思います」

「何故《なぜ》、そんなことを」

森は、算数の問題が解けない子供のような戸惑いの表情で、敏生の優しい笑顔を見つめる。敏生は、森の瞳《ひとみ》をじっと見返して言った。

「ホントにわからないんですか？　僕たちみんな、天本さんのことが大好きだからですよ。天本さんが僕たちを守りたいと思ってくれるように、僕たちだって、天本さんのことがとっても大事で、天本さんのこと、守りたいと思ってるんです。……『好き』ってそういうことなんじゃないですか？」

「……敏生……」

「さっきも、みんながいたから、何事もなく僕たちみんな一緒にいられるんじゃないですか。お父さんのこと、どう考えたらいいのか、どうしたらいいのか、僕にもわからないですけど……でも、一緒に考えて、一緒に頑張りたいんです。天本さんのこと大好きだから、嬉《うれ》しいこともつらいことも、全部僕にも分けてほしいです。それってワガママすぎますか？」

「………」

森は、一瞬泣きそうに顔を歪《ゆが》めた。そして次の瞬間、敏生は力いっぱい、森に抱き締められていた。いつものコロンの香りを胸いっぱいに吸い込んで、敏生は酷《ひど》く安心した気持ちになる。

ありがとう、と耳元で森が囁《ささや》く。敏生は力いっぱい森の広い背中を抱き返し、そして言った。

「お誕生日おめでとうございます、天本さん。僕はずっと、天本さんの傍《そば》にいます。だから、来年も再来年もその次の年もそのまた次の年も、この日にはずーっとそう言わせてくださいね」

3

それから二時間後……。

四人は、最後に残されたパストデイズ・ゾーンにいた。昼間の下見で決めたとおり、ゾーンを四つの区域《エリア》に分け、それぞれの区域ごとに浄化を行うのである。

最初のエリアは、敏生《としき》が結界を張り、森《しん》が雑霊《ざつれい》の調伏《ちょうぶく》を行うことになった。河合《かわい》は、敏生の頭をポンポンと叩《たた》き、いつものののんびりした声で言った。

「せっかく来たし、出血大サービスや。結界張るん、半分手伝《てつど》うたるわ。ま、先攻は琴平《ことひら》君で行こか。どーんと気張っといでや」

「はいっ」

ニットキャップを子供のように深く被《かぶ》った敏生は、ニッコリ笑って頷《うなず》き、森のもとへ駆け寄った。浄化作業を開始した森と敏生の背中を少し離れたところで見守りつつ、龍村《たつむら》は感心した様子で言った。

「たった二時間ほど前にあんなことがあったってのに、二人ともよく復活したもんだ」

「そら、オレの愛弟子《まなでし》とその弟子やからなー」

「不肖の師匠にしては、よくできた弟子たちというところですか」

「せやせや。君も言うようになったなあ、龍村君」

そんな皮肉っぽいコメントを口にする龍村の声には、もう悪意が感じられない。河合はへらりと笑って、鼻の下を指で擦《こす》った。

そんな二人のやりとりを傍《かたわ》らで聞いていた早川《はやかわ》は、不思議そうに問いかける。

「あんなこと、とはいったい……？　天本《あまもと》様と琴平様に何か？」

龍村は慌てて言い訳した。

「いや、何でもありません。お気になさらず」

「ま、痴話喧嘩《ちわげんか》みたいなもんや。気にせんときや、早川さん」

「はあ……そうでございますか？　まあ、お二人がそう仰《おつしや》るのでしたら」

不仲とばかり思っていた龍村と河合がやけに息の合った弁解をするのに驚いたらしい早川は、それ以上追及することをしなかった。

「ま、あいつらと河合さんには頑張ってもらうとして、我々役立たずはのんびり見学を決め込みましょうや、早川さん」

龍村は、両手を頭の後ろで組んで、白い息を夜空に向かって吐き、にかりと笑ったのだった。

最初のエリアを浄化して、一行は次のエリアに移動した。河合の申し出を受け、今度は河合が結界を張り、森が浄化を行った。敏生は早川や龍村と共に、森と河合の仕事ぶりを見守った。森の手のひらから放たれる白銀の光が、開け放した入り口から、アトラクションの中に吸い込まれていく。そして、あちこちで小さな音と共に、その光は一瞬大きく弾《はじ》け、そして消える。煌《きら》めきの一つ一つが、雑霊《ざつれい》が調 伏《ちょうぶく》されたことを知らせているのだ。

「雑霊は、元はこの世の生き物だったんですよね……。それが、死んだ後行く道に迷っているうちに、人にも戻れない、天上へも行けない存在になってしまった。そう思うと、何だか可哀相《かわいそう》な気がします」

敏生のそんな呟《つぶや》きに、早川は温和な笑顔で頷《うなず》いた。

「そうでございますね。そんな哀れな魂たちを、永遠の煉獄《れんごく》から解き放ってやる……それが天本様や琴平様が行っておられる『浄化』という行為です。だからこそ、雑霊たちは、自分たちの存在が消えてゆくその瞬間に、あんなに美しい光を放つのではないでしょうか」

「早川さん……」

「術者に必要なのは、同情や安っぽい哀れみなどではなく、本当の意味での優しさではないかと。長年、術者の方々とおつきあいしてまいりまして、わたしはそんなふうに思っております」

「本当の……優しさ？」

早川は頷《うなず》き、ずり落ちかけた眼鏡《めがね》を指先で押し上げた。

「はい。優しさがなければ、調伏《ちょうぶく》は大量虐殺にも等しい行為になってしまいます。みずから滅びを選ぶことができず、人に戻る希望もない雑霊《ざつれい》たちを、無に返すことで救いたい。そんな思いがあればこそ、天本様のように強い霊力をお使いになれるのではないでしょうか」

早川は、先刻の一件を知らないはずだ。だが、彼の言葉は、トマスとのやりとりで敏生の感じた違和感の理由を、すっきりと説明してくれたように敏生には思えた。

(そっか……。僕が天本さんのお父さんに対して感じた嫌な感じは、それなんだ。あの人の言う「強い力」には、優しさが欠片《かけら》も感じられなかった。……それじゃ、駄目なんだ。それは本当の「強い力」じゃないんだ)

胸のつかえがすっと取れたような気がして、敏生は思わず早川にぺこりと頭を下げていた。

「ありがとうございます、早川さん。それ、僕が今、凄《すご》くほしかった言葉だったみたいです」

「は？　その……仰《おっしゃ》ることがよくわかりませんが、わたしなどの言葉が琴平様のお役に立ちますのなら、光栄でございますよ」

早川は小首を傾《かし》げつつ、それでも少し嬉《うれ》しそうに、敏生に軽く礼を返したのだった。

三番目のエリアは、再び敏生が結界を張り、森が浄化を行った。

敏生は自分が浄化をしてみたいと申し出たのだが、森はそれをやんわりと却下した。おそらく、昨夜《ゆうべ》から一睡もしていないうえ、トマスとの一件で結局ほとんど休息が取れなかった敏生の疲労を慮《おもんぱか》ってのことなのだろうが、敏生は「まだ力不足だ」と言われたようで不服顔だった。

それでも、森と自分の力の差はきちんと認識している敏生である。父親とのことでかなりのダメージを受けているであろう森の助けになろうと、強い結界を張り、そして森をサポートすべく、背後からそっと自分の気を送り続けた。

そうして浄化が無事に終わると、いよいよ皆は、最後のエリアへと向かった。そこは、いわくつきのアトラクション、「スプーキィ・ハウス」のある区域である。

昼間でもそれなりにおどろおどろしい造りの「スプーキィ・ハウス」だが、暗闇《くらやみ》に沈むと、より不気味な印象を見る者に与える。

「よし。この前で浄化を始めようか」

森は、「スプーキィ・ハウス」の入り口の前に立ち、両手を包む黒い革手袋をはめ直した。銀糸で縫い取られた小さな五芒星《ごぼうせい》が、キラリと光る。

「ほな、オレが結界張ろか？　それとも、身体《からだ》えろうなかったら、シメは琴平君頑張る

した。

　河合は両腕を伸ばしてうーんと伸びをしながら訊《たず》ねた。答えようとして、敏生はハッとした。

「僕、大丈夫ですから。最後は僕が……あれ？」

　敏生の視線を追った残りの四人も、それぞれ小さな驚きの声を上げた。「スプーキィ・ハウス」のエントランス横、ちょうど昼間に観客が入館待ちの行列を作る場所に、ひとりの男が佇《たたず》んでいたのである。まだ若い……学生らしきその男は、グレイのシャツにダークグリーンのパンツという薄着で、別段寒そうでもなく、ぽつねんと立っていた。

「あの人……」

　敏生は、目を丸くしてその姿を見つめた。閉館後のパーク内に、どう見ても従業員ではない人物が入り込んでいるはずがない。しかもその青年の姿は、時折ユラリと揺らぎ、薄れて向こう側が透けて見える。霊感に乏しいはずの龍村が、ボソリと呟《つぶや》いた。

「ありゃ、どうもこの世の人間じゃないみたいだな」

　傍《かたわ》らで、早川も頷《うなず》いた。

「そうでございますね。あれは……」

「あれは？」

　敏生の問いかけに、森は厳しい顔で言った。

「まだ死んで間もない……いわゆる『幽霊』だ。かつて、龍村さんがここで友達になってしまった少女と同じような」

「幽霊……。じゃあ、生きてるときここに何か思い出があって、死んだ後、魂がこの場所に来ちゃったんですね？」

「おそらくはな」

それを聞いた敏生は、真剣な顔で森を見上げた。

「あの、天本さん」

「何だ？」

「あの人と、話してみていいですか？　いきなり調伏《ちょうぶく》するんじゃなくて」

森はそれを聞き、難しい顔で腕組みした。

「それは、かつての龍村さんの話を踏まえてのことか？　死した魂の救済は、そんなに容《た》易《やす》いことではないぞ？　下手に話をして幽霊のネガティブな部分を刺激してしまえば、かろうじて残っている人の心を失わせ、雑霊《ざつれい》化させてしまいかねない」

厳しい口調だったが、敏生は少しも躊躇《ためら》わずに頷《うなず》いた。

「わかってます。でも……できることなら、まだ『人』のままで、旅立ってほしいんです。だから」

鳶色《とびいろ》の瞳《ひとみ》に宿った強い決意の色に、森は敏生が一歩も退《ひ》くつもりがないことを悟り、仕方なく頷《うなず》いた。

「わかった。やってみろ。だが、駄目だと判断したら、容赦なく調伏《ちょうぶく》に移るぞ。いいな？」

「はいっ」

敏生はこくんと深く頷き、ゆっくりと青年に歩み寄った。敏生が近づいていくと、その場でウロウロしていた青年は、ぼんやりと敏生のほうを見た。敏生は、戸惑いながらもそっと青年に話しかける。

「あのう。ここで何してるんですか？」

青年は、青白い顔をしていた。今時の若者らしく髪を茶色に染め、顎《あご》に短い髭《ひげ》を生やしている。虚《うつ》ろな細い目が、敏生に向けられた。生気のないボソボソした声で、青年は答えた。

『捜してんだ。オレの彼女。あんた、どっかで見なかったかな』

「彼女？　どこかではぐれたんですか？」

『ん……。あのさ、変なこと訊《き》くけど、オレ、死んでんだろ？』

青年は、そんな問いを敏生に投げかける。敏生が戸惑いつつ無言で頷くと、青年は、やっぱりな、と力なく項垂《うなだ》れ、こう続けた。

『もうどんくらい前になんのかな。オレ、彼女とここに来て、その帰りに車で事故ったんだ。家近いから短いドライブになるはずだったのに、オレ、遊びすぎて疲れてて、つい高速道路で居眠り運転しちまってさ……』

「それは……」

何と言葉をかけていいかわからず、敏生の声は中途半端《ちゅうとはんぱ》なところでフェードアウトしてしまう。

『その日の夕方、この「スプーキィ・ハウス」で、オレ、彼女と約束したんだ。来年も絶対、このアトラクションに二人で来ようなって。彼女がすげえここ気に入ってさ』

敏生は黙って、ただじっと自分より頭半分高い青年の顔を見つめていた。青年は、今は浄化の妨げにならないよう開けっ放しにされた屋敷の玄関を見遣《みや》り、力なく首を振った。

『だから、待ってんだけど、来ないんだ。あいつ、死んでんのかな。生きてんのかな。オレ、何か死体からふわーっと抜けてきて、何となくここに来ちまって、そしたら今度はどこへも行けなくなっちまってさ』

(ああ……幽霊は場所に縛られるっていうから……。この人の魂も、思い出深いこの場所に縛られちゃったんだ)

敏生は痛ましげに顔を曇らせる。青年は、上体を軽く屈《かが》め、敏生に顔を近づけて言った。

『あのさあ。あんた生きてんだろ？　オレが見えるんなら、頼みを聞いてくれねえかな。

オレの彼女、どこでどうなってんだか……生きてるんだか死んでるんだか、見てきてほしいんだ。生きてるんなら、オレのことなんか忘れて幸せになってほしいし、死んでるんなら、オレんとこ来てほしいしさ』

「それは……ええと、できることならしてあげたいですけど……。ど、どうやったらできるんだろ、そんなこと」

敏生は困ってしまって、少し離れたところで二人のやりとりを聞いている残りの四人のほうを見た。森が答えようとするのに先んじて、河合が一歩前に出る。

「よっしゃ。ほな、大師匠がいっちょ骨折ったろか」

「河合さんが？　河合さんがやってくれるんですか？」

「違う違う。オレが手ぇ貸したるさかい、琴平君がやるんや」

そう言いながら、河合は敏生と青年のほうに歩み寄ってきた。敏生は、ドキドキしながら、河合に腕を差しのべ、自分の傍《かたわ》らへと導く。河合は、丸眼鏡《まるめがね》をかけ直してから、幽霊の青年のほうに手を差し出した。

「ほい、そこの幽霊の兄さん。オレの手ぇ握り。あんま強くせんといてや。野郎と手ぇ繋《つな》ぐんは、あんま気持ちのええもん違うからな」

『……あんたが助けてくれんのか？　けど、幽霊のオレが、人間のあんたと手ぇ繋げんのかな』

「普通の人間やったら通り抜けてしまうやろな。けど、オレの手は特別やねん。言うたら、ものごっつ目のこんまい篩《ふるい》みたいなもんや。ほれ、試してみ」

青年も敏生と同じく少々困惑した様子で、しかし素直に河合の差し出した手を握った。

河合は、もう一方の手を敏生に握らせると、青年に向かって言った。

「ええか、兄さん。あんたの恋人さんのこと、一生懸命思い出してみ。何でもええんや。顔でも声でも名前でも性格でも。それから、二人の思い出の場所とか、いろいろ。喧嘩《けんか》でもええ、ラブラブでもええ、何しか思いつくこと片っ端から、頭に思い浮かべてみるんや」

『ああ……わかった。やってみる』

青年は、戸惑いつつも、目を閉じた。河合は、穏やかな声で敏生に語りかけた。

「ええか、琴平君。この幽霊君の記憶を、オレが中継して君に流したるし、心空っぽにして受け取ったり。でもって、情報を理解しようとせんでええ。ただ、受け取って保存するだけや。ほれ、自分をフロッピーディスクみたいにするんや。ええか？」

「はい」

敏生も目を閉じた。他の情報をシャットアウトして、ただ、河合の温かな手のひらの感触だけに集中する。

（……あ……！）

やがて、河合の手のひらから、敏生の身体《からだ》を通じて頭の中に、奔流のような他人の……幽霊の青年の記憶が流れ込んできた。それは酷《ひど》く雑多で切れ切れの、映画の断片のようなものだったが、敏生はそれらをいちいち分析しようとせず、ただ早送りの映像が頭の中をチラチラ流れるに任せた。そして、それらをただ素直に受け入れ、自分の心の中に、すべて溜《た》め込《こ》もうとした。そんなことが本当にできるかどうか不安だったが、とにかく河合の言うとおりやってみようと思ったのだ。

やがて、自分の中に流れ込んでくるものが尽きたのに気付き、敏生はゆっくりと目を開けた。河合が、握り合っていた手を離す。幽霊の青年は、不安げに河合と敏生を見ていた。

『これで……いいのかよ』

「どうやろな。ええかどうかは、琴平君次第や。……さて、続きやってみよか、琴平君」

敏生は、不安げに河合の眠そうな顔を見た。

「あの、続きって……どうしたらいいんですか？」

「そない心細そうな声出さんでええ。ちょー、頭貸してみ」

河合は敏生と向かい合って立ち、敏生の頭を挟み込むように、耳元に両手を当てた。そして、うんうんと満足げに頷《うなず》いた。

「よっしゃ、上手《うま》いこと記憶取り込めたみたいやんか。ほな、今度は小《ち》っちゃな友達を、ようけ呼ぶんや」

敏生は、丸く目を見開き、しばらくキョトンとしていたが、やがて、河合の意図するところを理解したらしく、パッと顔を輝かせた。

「そうか！……わかりました、やってみます」

「うん。焦《あせ》らんでええから、ゆっくりな」

そう言って、河合は一歩下がる。敏生は頷《うなず》いて、再び目を閉じた。片手で服越しに守護《しゅご》珠《じゅ》に触れ、球体が放つ心地よい熱を感じながら、今度は意識を拡散させていく。自分でも上手《うま》く説明できないのだが、人としての意識をできるだけ薄く広げていくと、普段はその下に潜んでいる精霊《せいれい》の魂が表に現れてくるのだ。

（……お願い、僕の小さな友達。頼みたいことがあるんだ。ここに来てくれないかな）

敏生はそっと目を開いた。瞳《ひとみ》が、淡い菫色《すみれいろ》に変化している。微光を放つ精霊の目には、自分の呼びかけに応《こた》えて集まってくる小さな精霊たちがハッキリと見えた。

――どうしたのさ、蔦《つた》の童《わらべ》。また風の力が必要なの？

――私たちは自由、お前の頼みなら、どこへでも行くよ。

精霊たちは、冷たいけれど優しい一陣の風になって、敏生の髪を乱す。敏生の唇から、精霊の言葉である不思議な抑揚の旋律が、歌となって流れ出した。

（女の人を捜してるんだ。この人が今、どうしてるか知りたいんだよ。だから、僕の中に

ある記憶を持っていって。この人を捜して）

——簡単なことだわ。

——ちょっと待っておいで。すぐに見てきてあげよう。

精霊《せいれい》たちは、キラキラ光る粒状の物体になって、夜空に舞い上がり、四方八方に散っていく。敏生はそれを見上げ、精霊たちを見送った。

それをじっと見ていた龍村は、森に耳打ちした。

「なあ。……ありゃ、もしかして、風の精霊を呼んでんのか？　琴平君の周りだけ、風が渦を巻いたぜ」

「ああ。河合さんが、幽霊の記憶を敏生に伝えてくれた。敏生はその細切《こまぎ》れの情報を精霊たちに持たせ、幽霊が捜している恋人の消息を探るよう頼んだんだ」

森は簡潔に答える。龍村は、両腕を軽く夜空に差し上げ、精霊たちを送り出している敏生の姿を見遣《みや》り、しみじみと言った。

「なあ、天本よ。さっきお前の親父《おやじ》さんがあれこれ言ってたが、あの人は根本的なことを見落としてるっていうか、読み損なってるんじゃないかな。僕みたいな門外漢が言うことじゃないかもしれんが」

森は、怪訝《けげん》そうに龍村のいかつい顔を見る。

「根本的なこと？」

「うむ。強大な力だの何だの難しいことを言っておられたようだが、琴平君の持つ力は、あの人が求めているようなものじゃないと思うんだ。琴平君が精霊《せいれい》の力を使うところも、守護珠《しゅごじゅ》の力を使うところも僕は見たことがあるだろ？　だがいつだって僕が彼から感じるのは、癒《いや》しであり、守護であり、慰めであり……とにかく、ひたすら相手を気遣う、強くても優しい力だ。違うか？」

「……あんたの言うとおりだよ、龍村さん」

森は、静かに微笑して、瞬《まばた》きで頷《うなず》いた。

「敏生の心は、怖いくらい澄んでいて、優しさに満ちている。……父が何を企《たくら》んでいたとしても、敏生の心を変えられはしないさ。そして、俺は確かにまだまだ未熟な術者ではあるが……それでも、そんな敏生を全力で守る」

「おう。そのためには、遠慮なく僕を使え。河合さんだって、きっと同じ思いだろう。琴平君にはお前が、お前には琴平君がいつだって必要なんだよ、天本」

「龍村さん……」

「僕だって、お前たちの家族のつもりなんだぜ？　お前も琴平君も、僕にとってはかけがえのない人間だ。そして、そうした人たちを見守ることは、何物にも代《か》え難《がた》い喜びなんだ。だから、負担だの迷惑だの、つまらないことを考えるなよ。必要なときは、ガンガン呼びつけていい。お前たちには、その価値がある」

龍村はそう言って、森の背中を大きな手のひらでバンと叩《たた》いた。

「……ありがとう」

森は胸が詰まって、それだけしか言えなかった。早川は、そんな二人の背後で、口を挟むことなく、ただじっと二人の会話に耳を傾けていた……。


やがて、夜空のあちこちから、煌《きら》めく砂粒のような小さな光が、敏生のもとに集まってきた。風の精霊《せいれい》たちが、それぞれ情報を持って戻ってきたのだ。精霊たちは、敏生の身体《からだ》を包んで緩く渦巻きながら、何度も何度も回転し、そしてまた、どこへともなく去っていった。

敏生は、手のひらを上に向ける。するとそこに、たった一粒だけの光が残った。敏生は、小さな星のようなその光を、じっと立ち尽くす青年のほうへ差し出した。敏生の幼い顔は、労《いたわ》るような喜びに満ちていた。

「この子が……この風の精霊が教えてくれました。あなたの恋人は生きてます。……酷《ひど》い怪我《けが》をして入院しているけど、生きていて、あなたが死んだことをとても悲しんでます」

青年の土気色の顔に、一瞬生気が戻ったように見えた。彼は明らかに安堵《あんど》した様子だったが、すぐにその顔には苦しげな表情が浮かんだ。彼は、呻《うめ》くように言った。

『あいつが生きてるんなら、それでいい。オレ、もう消えていい。ここで待ってたって、あいつは来ないんだし、生きてるならこんなとこに来る必要ないし。……けど、オレのことはもう忘れろって……早く元気になって、いい奴《やつ》見つけろって……そう伝えてから消えたいな』

「それは、俺の仕事だな」

「天本さん」

青年の言葉を聞いた森は、敏生の背後に立ち、小さな肩に手を置いた。

「その、君の手のひらで休んでいる風の精霊《せいれい》に、もう一度道案内を頼めるか？」

森の問いに、敏生は戸惑いつつ頷《うなず》く。

「ええ。それは大丈夫ですけど、どうするんですか？」

森はそれには答えず、青年のほうを見て、静かに問いかけた。

「恋人のところへ行きたいなら、俺が叶《かな》えてやろう。だが、恋人に会い、思いを遂げれば、君はそのまま消えていく。おそらく、君ができるのは、眠る恋人の耳元で囁《ささや》くことだけだ。その腕で彼女を再び抱くことは叶わない。……君はもう実体を持たない幽霊なのだから。それでもいいか？」

『……いい。ひと目彼女に会って、サヨナラを言いたいんだ。オレがここにいる理由は、それだけなんだ』

「わかった」

森は頷《うなず》き、上空に向かって凛《りん》と響く声で呼びかけた。

「小一郎《こいちろう》！」

ピイーッ！

どこからともなく、凄《すさ》まじいスピードで一羽の鳶《とび》が飛来し、彼らの頭上で大きく円を描く。式神《しきがみ》の小一郎が、鳶に姿を変えているのだ。

次に森は、コートの内ポケットから、一枚の紙片を取り出した。細長く白いその紙に、筆ペンで字や線画のようなものをさらりと書き付け、即席の符を作る。

そして森は、左手の指を手刀にして、素早く九字《くじ》を切った。そうして空間を清めておいてから、敏生には見覚えのある懐剣を取り出した。破妖《はよう》の剣である。鞘《さや》を払うと、邪悪な魂を打ち砕き、迷える魂を天上へ送る、清冽《せいれつ》な輝きを放つ刀が現れた。

森はそれを左手に持ち、やや怯《おび》えた様子の青年に語りかけた。

「これは、この場所から君の魂を解き放ち、天上へと送ってくれる剣だ。ただ今回は、それに少々寄り道を付け加えよう。……痛みはない。俺を信じて、静かにこの剣を受け入れるんだ。できるか？」

『う……あ、ああ』

青年は、しばらく破妖の剣と森の厳しい顔を交互に見比べていたが、やがて腹を括《くく》ったらしい。きっぱりと頷《うなず》いた。

「よし」

森は、青年の真正面に立ち、破妖《はよう》の剣を構えた。右手には、さっき作ったばかりの符が握られている。

「破妖の剣よ、この者を、現世における土への呪縛《じゅばく》から解き放て。そして、自由な魂を、想《おも》い人《びと》のもとへ、そして天上へ送れ！」

凛《りん》と響く声でそう念じ、森は何の躊躇《ちゅうちょ》もなく、青年の胸に真《ま》っ直《す》ぐ剣を突き立てた。

『うッ……！』

青年の口から、苦悶《くもん》ではなく単なる驚きの声が漏れ、そして彼の姿は、みるみるうちにさらさらと白い砂粒に変じていった。森はすかさず、符をかざす。

「魂よ、今しばらくこの符に宿るがいい」

すると、一度は地面に小さな山を築いた白い粒は、ささやかな乾いた音を立てながら、あっという間に符に吸い込まれた。森はその符を手に持ち、敏生を見た。

「いいか？」

「はいっ。……頼むよ、僕の友達。恋人のところへ、この人を連れていってあげて」

敏生はまるで人間の友達にそうするように、精霊《せいれい》がのった手のひらを軽く握り込み、胸に抱き締めてから、その手を上空に向かって突き上げた。優しく指を開くと、小さな粒……風の精霊《せいれい》は、金色の淡い光を放ちながら、空へと舞い上がる。

「よし。行け、小一郎！」

森が投げ上げた符を、急降下してきた鳶《とび》は見事にくちばしでキャッチし、そのまま風の精霊を追って、暗い空へと飛び上がった。

一同は、鳶と、その前を行く小さな光が見えなくなるまで夜空を見上げ、それから示し合わせたわけでもないのに、同時に深い溜《た》め息《いき》をついた。

「これで、彼は思いを遂げ、消えていくだろう。一応、小一郎に確認させるが、間違いはないと思う」

森はそう言って、敏生に頷《うなず》いてみせた。

河合は、森と敏生の背中を同時に軽く叩《たた》き、相好を崩した。

「ようやった。また、新しい技増えたなあ、琴平君」

「河合さん……ありがとうございました。河合さんの手、凄《すご》くあったかくて落ち着くんです。だから、初めてのことも上手にできたのかも」

敏生は嬉《うれ》しそうに頰《ほお》を上気させて河合に礼を言った。河合も満足げな笑顔で頷く。

森は、一度は和んだ顔をすぐに引き締め、敏生に言った。

「さて、余計なことで時間をロスした。手っ取り早くこのエリアの浄化をすませてしまおう。そうすれば、とりあえずこの先数年間、ここは皆が安心して遊べる場所になる。なあ、敏生。俺たちの『力』は、誰かの幸せのために使われている……そう思いたいものだな」

そんな森の言葉に、敏生は柔らかな笑顔で頷《うなず》いた。

「はい。僕たちがそれを忘れずにいる限り、きっと大丈夫です。ね、天木さん」

「ああ。……始めよう。結界を頼む」

「はいッ」

敏生は森の手を一度ギュッと握ってから、結界を張り巡らせるため、再び意識を胸の守《しゅ》護珠《ごじゅ》に集中し始めた。森はその傍《かたわ》らに立ち、自分の出番をじっと待つ。そして、そんな二人の背中を、龍村と河合、そして早川が、じっと見守っていた……。

終章　十二月二十九日の抱擁

　すべての浄化作業を終えた一同は、ホテルに戻って仮眠を取り、昼過ぎにチェックアウトした。

　ロビーで一同を迎えた早川《はやかわ》は、にこやかに年末の挨拶《あいさつ》をした。

「お疲れさまでございました。お陰さまで、すべての作業が滞りなく終了いたしました。皆様どうぞよいお年を。そして来年も、どうぞよろしくお願いいたします」

　河合《かわい》は、まだ眠そうに大欠伸《おおあくび》をしながら言った。

「お疲れさん。仕事やけど、楽しかったわー。こういうんも、たまにはええなあ。ま、十年後にまた同じ仕事入ったら、そんときは二人にお任せやでー。ほな、また来年なー」

　そして彼は、近くまで送ろうと申し出た早川に腕を借り、ゆっくりとロビーを歩き去った。最近は一か所に定住するということがないらしい彼のことである。またどこかの「お姉ちゃん」の家に転がり込むつもりなのだろう。

　ひょろ長い河合の背中と早川のスーツの背中が自動ドアの向こうに消えるまで見送って

から、龍村《たつむら》は広い肩をそびやかして言った。

「さて、今年最後のお祭りは終了か。僕は新幹線で神戸《こうべ》に帰るよ。我が家より滞在時間の長い職場で、解剖三昧《かいぼうざんまい》の年越しが待っているんでね。今年一年、大過なく勤めを終えられるよう、一踏ん張りしてくる」

「小一郎《こいちろう》に送らせようか?」

「いや、いい。式神《しきがみ》タクシーもいいんだが、僕は基本的にアナクロな人間でね。駅弁を肴《さかな》にビールを飲みながら、優雅に帰るほうが性に合っているようだ」

やんわりと森《しん》の申し出を断り、龍村はいかつい顔に気障《きざ》な笑みを浮かべて森と敏生《としき》を見た。

「今年は二人とも、大きな怪我《けが》がなくてよかったな。来年も、その調子で頑張れよ」

そんな言葉に、森は決まり悪そうな顔をし、敏生はにっこり笑う。

「龍村先生も、どうぞ気をつけて。お正月、うちに来ないんですか?」

「うむ、元旦はおそらく監察の当番で無理だろうが、三が日のどこかで時間ができそうなら連絡するよ。天本《あまもと》のおせち料理と雑煮にありつきたいのはやまやまなんだが、あまり入り浸っては、お邪魔虫やら嫉妬《しっと》の虫やらが湧《わ》きそうだからな」

「虫?」

敏生は首を傾《かし》げたが、森の顔はみるみる険しくなる。

「……龍村さん」

「悋気《りんき》は恋の命、とはよく言ったもんだ。琴平《ことひら》君のことでからかわれて怒ってるお前が、いちばん生き生きしてるぜ、天本。じゃ、風邪《かぜ》引かずに元気に過ごせよ、二人とも。いい新年をな」

　龍村は森が怒り出さないうちに一息にそう言ってしまうと、片手を挙げた。今ひとつ龍村の言葉の意味が理解できない敏生は、キョトンとした顔で挨拶《あいさつ》を返した。

「龍村先生も、いいお年を。あんまりお仕事無理しないで、でも時間ができたらきっと来てくださいね」

「雑煮には餅《もち》の代わりに石が入っていることを覚悟しろよ、龍村さん。……いい年を」

　敏生の傍《かたわ》らで、仏頂面《ぶっちょうづら》の森も、一応は年の暮れの挨拶を口にした。龍村は愉快そうに笑いながら、後ろ手をヒラヒラと振り、ロビーから出ていく。表でタクシーを捕まえたところをみると、言葉どおり、すぐに地元に帰って仕事に取りかかるつもりなのだろう。

「さて、我々も帰ろうか」

　森は、床に置いてあったバッグを肩に担《かつ》ぎ上《あ》げる。敏生も、バックパックをヨイショと背負い直して頷《うなず》いた。

「はいっ。帰ったらすぐ、おせちの支度にかからなきゃですね！」

「……俺はな。君と小一郎には、家の大掃除が待っているぞ。去年は俺が入院中だったせいで、大掃除をサボッただろう。今年は念入りにやってもらうからな」

「うええ。忘れてた……。また、家じゅうの床とか窓を拭《ふ》きまくるのかあ。あ、でもそれが全部終わったら、おせちの手伝いもしていいでしょう？」

敏生は正直に嫌そうな顔をする。どうやら、掃除はあまり好きではないらしい。森は肩を竦《すく》めて言った。

「君のは、手伝いじゃなくてつまみ食いだろう。まあいい、とにかく帰ろう」

「はあい」

まだ少し不満顔の敏生の背中を押して、森は三日間を過ごしたホテルを後にした……。


自宅に帰るなり、敏生は居間のソファーにバフンと飛び込んだ。そのまま、長々と仰向《あおむ》けに寝そべって、伸びをする。身体《からだ》の下敷きにされた羊人形は、不満げにタオル地のクタクタした足で敏生の足をぺしりと叩《たた》いて抗議した。敏生は笑いながら、人形をジーンズから外し、ローテーブルの上に座らせてやる。

「うーん、やっぱり家はいいなあ！　何か、この古い家の匂《にお》い嗅《か》ぐと、安心しますよね」

「しばらく留守にして帰ってくると家の匂いがわかるのは確かだが、それなら換気しようと思いついてはくれないものかな。それにホテルがずいぶんと気に入っていた様子だったのに、それでもこの古ぼけた家がいいのかい？」

少し遅れて部屋に入ってきた森は、ちゃんと戸締まりしてあった窓と雨戸を開け放ち、空気を入れ換えながら敏生をからかった。敏生は、ソファーに寝転んだまま、窓から吹き込む真冬の風にブルリと身を震わせて笑った。

「そりゃ、ホテルも綺麗《きれい》だったし広かったし、河合さんや龍村さんが出入りして合宿みたいに楽しかったですけど、やっぱり『よそ』だから。自分の家に帰ってくるとホッとします」

敏生は寝転がったまま、部屋じゅうを見回し、満足げな溜《た》め息《いき》をついた。

「自分の家って思える場所があることが、僕には何より嬉《うれ》しいんです。……ねえ、天本さん。ここが僕の家だって、そう思っていいんですよね？」

立て付けの悪い雨戸の具合をしゃがみ込んで調べていた森は、どこか不安げなその言葉に、ハッと顔を上げた。

「敏生？」

「ごめんなさい、変なこと訊《き》いて。よく考えたら、ここって天本さん家《ち》なんだよなって、急に思っちゃって」

「馬鹿、今さら何を言ってる。ここは俺の家で、君の家だよ。当たり前だろう。まあ、龍村さんの家が実家というなら、そのくらいは構わないが……ここ以外に自宅と呼べる場所など持ってほしくないね」

森はまだ窓を全開にしたままで、コートを脱ぎもせず、敏生の傍《かたわ》らに歩み寄った。敏生の頭を片手で軽々と持ち上げると、空いたスペースに腰を下ろし、自分の膝《ひざ》の上に敏生の小さな頭をのせてやる。敏生は明らかにホッとした様子で小さく息を吐いた。

「天本さんってば……」

「というより、俺のいるところがいつだって君の居場所だと、そう自惚《うぬぼ》れさせてくれるんじゃなかったのかい?」

敏生は、森の端正な顔を真《ま》っ直《す》ぐ見上げ、真面目《まじめ》な顔で言った。

「もちろんそうですよ。世界中どこに行くことになっても、天本さんがいるところが、僕のいるところなんだって思ってます。……だけどそれとは別に、僕、この家が大好きなんです。ほら、あの雨の夜、ここに辿《たど》り着《つ》いたときも、何だかこの家が僕を抱き留めてくれたような気がしました。古くて大きくて、何だか凄《すご》く頼りになるっていうか、安心するっていうか……」

「なるほどな。君もそうなのか」

「え?」

「少し驚いた。俺がこの家を選んだ理由も、君と同じだったから」

「え? ホントですか?」

森は、どこか遠い目をして頷《うなず》いた。

「霞波《かなみ》の死後、生まれ育った家を出た。それから何となく新幹線に乗って東京《とうきょう》に来て、そこから目についた電車に乗って……。今思えば逃避行じみた滅茶苦茶《めちゃくちゃ》な旅だったが、美代子《みよこ》は無邪気に面白がったよ。頼もしい道連れだった。だから、ここに来たのは単なる偶然なんだ」

「偶然？」

「ああ。適当に降りた駅で、不動産屋に入った。生家を処分したから経済的に困ってはいなかったが、あくまでもあの家は父のものだ。家を売って得た金に手をつけたくはなかった。だから、そう余裕があったわけではなくてね。郊外の駅から遠く離れた安い賃貸マンションにでも、しばらく入ってみようと思っていた」

森は皮肉っぽく口元を歪《ゆが》め、肩を竦《すく》める。

「とにかく落ち着き先を見つけて、これからのことを考えるつもりだった。ひとりならどう自堕落に暮らしてもいいが、美代子をそれにつきあわせるわけにはいかないだろう？……まさか早川までこっちに越してくるとは予想もしなかったし」

「あはは。早川さん、本業のほうも転勤してきちゃったんですよね」

「ああ。結果的にはおかげで助かったんだが、それはともかく、俺は不動産屋に紹介されたマンションへ下見に向かう途中、この家の前を通りかかった……」

「そうしたら？」

森は、開け放した窓の外に黒々と見える、庭の中心にそびえ立つクスノキの大樹に目を向けた。

「あの木が……大きなクスノキが、妙に気になったんだよ。それで俺は足を止め、玄関へ回ってみた。高い塀のせいで中は見えなかったが、売り家である旨《むね》のボードが目についた。それで俺は駅前に引き返して、不動産業者にこの家のことを訊《き》いてみた。大きな敷地の家だ、俺の経済力で住めるはずなどないと思ったが、話だけでも聞いてみたかったんだ」

敏生は、興味深そうに鳶色《とびいろ》の目を輝かせ、先を促した。

「それで？　どうなったんですか？」

森は静かに微笑して、話を続けた。

「業者は、俺がこの家に興味を示したことに酷《ひど》く困惑した様子だった。もともと戦前に建てられた古い建物のうえに、十五年も空き家で、家の傷みが相当激しい。設備も古くて住むにはまったく適さない家だ。そんなことを、業者は早口にまくしたてた。面食らったよ。どんな家であろうと、難点を覆い隠して売るのが彼らの仕事であるはずなのに、俺のあの家に対する興味を何とか打ち消そうとしているようだったからね」

「変ですよね。どうしてそんなことを？」

「俺はかえって好奇心を刺激されて、家の売値を訊いてみた。……仰天するくらい安かったよ。もちろん、簡単に買える金額ではなかったが。それにしても、不審に思わずにはいられない額面だった。俺は業者を問いつめた。そしてようやく、彼は本当のことを教えてくれた」

森の硬い膝枕《ひざまくら》に頭をあずけたまま、敏生は寒さも忘れ、話の続きをじっと待っている。

森は、居間をぐるりと見回してから再び口を開いた。

「この家は、戦前にイギリスからやってきた銀行家が建てたんだそうだ。世界情勢が悪化し、いったんは帰国したその銀行家は、戦後しばらくして再び来日し、再びこの家に住んだ。日本が好きだったのかこの家が好きだったのか、それはわからない。とにかく、銀行の仕事から引退した後も帰国せず、生涯独身で、この家からほとんど出ずに暮らしたそうだ」

「ひとりぼっちで……この広い家に？」

「ああ。通いの家政婦がいたらしいが、銀行家は日本語をほとんど話せず、ろくに会話もなかったそうだ。……そしてある朝、家政婦がいつものようにやってくると、年老いた男は、自分のベッドルームで首を吊《つ》っていた……」

「えぇッ！」

敏生は思わず飛び起きた。両手でギュッと自分の腕を抱く。

「ど、どの部屋なんですかそれっ」

森は苦笑いして席を立つと、窓と雨戸をしっかりと閉め、暖炉に火をおこしながら無造作に答えた。

「心配するな、君の部屋じゃない。俺の部屋だ」

「えええッ⁉」

敏生はさらに驚き、大声を上げる。

「ああ。それがどうかしたか？」

「あ、あ、天本さんの部屋？」

「どうかしたかって……。こ、こ、怖いじゃないですか、そんなの」

森は再びソファーに座ると、右眉《みぎまゆ》だけを軽く上げ、皮肉っぽい笑みを浮かべて言った。

「それは、仮にも術者の言うこととは思えないが」

「そ……そりゃそうなんですけど、でも……」

「落ち着いて考えてみろ。俺の部屋に来ても、何の気配も感じなかっただろう？　彼の魂は、もうこの世に残ってはいないよ」

「あ、そっか」

敏生はホッとしたように、再びごろりと横になった。あまり心地のいい膝枕《ひざまくら》ではないのだが、何となく森と触れ合っていたい気分だったのだ。森は、敏生の髪を指先に巻き付けたり解《ほど》いたりしながら、話を続けた。

「彼の死後、家は数少ない日本人の友人のひとりに委《ゆだ》ねられた。本国にも、彼の身寄りは誰もいなかったようだな。そしてこの家は売りに出されたが、買い手はいつになってもつかず、空き家のまま長い年月が経《た》ってしまった」

「どうしてです？　そりゃちょっと駅からは遠いけど、こんなにいい家なのに」

「確かに、この家に興味を示す客や、この家を潰《つぶ》してマンションを建てようとした業者は少なくなかったらしい。だが皆、この家を一度訪ねるとたちまち嫌気が差して、どうしても契約には至らなかったそうだ」

「嫌気が差して？　どうしてだろう……」

　森は薄く笑ってこう言った。

「皆例外なく、この家で怪奇現象に見舞われたからだ」

「怪奇現象？　どんな？」

　ますます「業界」じみてきた話に、敏生はパチパチと大きな目を瞬《まばた》く。森は淡々と言葉を継いだ。

「亡《な》き主《あるじ》の……屋敷を歩く年老いた白人の幽霊を見たという者も、ポルターガイスト現象に見舞われた者もいる。とにかく、連れていく客が皆這《ほ》う這《ほ》うの体《てい》で家から逃げ出すので、業者のほうも、うんざりしていたんだろうな」

「そ……それで？」

「その話を聞いて、俺はますます興味をそそられた。それで、駅前に待たせていた美代子を連れて、この家へ来た。中を見せてもらいにね。なるほど、まさしく幽霊屋敷と呼ぶべき荒れ果てようだったよ。同行した業者は、一刻も早く立ち去りたい様子だった。だが、美代子も俺も、この家をひと目見て気に入ったんだ」

敏生はそれにはコクリと頷《うなず》いた。

「それはわかるような気がします。……僕ね、この家で最初に目を覚ましたとき、思ったんです。何か懐《なつ》かしい感じがするなあって。こんな立派な家に住んだことなんか、一度もないのに。寄宿舎にもちっとも似てないのに。不思議でした」

「俺と美代子もそう思った。……父もイギリス人だからか、俺たちが捨ててきた家に少し雰囲気が似ていたのは事実だ。だがそれよりも、この家自体が持つ奇妙な温《ぬく》もりのようなものに惹《ひ》かれた。だから俺は、業者に無理を言って、この家で一夜を過ごさせてもらった。怪奇現象とやらを、この目で確かめようと思ったんだ」

森は、自分を見上げる敏生の鳶色《とびいろ》の目を見ながら、淡々と話を続けた。

「美代子をホテルに泊まらせて、夕暮れ時、ひとりでこの家に来た。床にはぶ厚く埃《ほこり》が溜《た》まっていて、家具や調度品はすべて置き去りにされていた。俺は、最初の主《あるじ》がみずから命を絶ったというその部屋に行って、ベッドに腰を下ろしてじっと待った」

「どんな感じ……でした？」

「奇妙な感じだったよ。部屋の中には、今俺が使っている机と椅子《いす》があって、机の上には、読みかけらしい本が置いてあった。クローゼットには服が入っていたし、本棚にも洋書が並んでいた。ベッドも……枕《まくら》もシーツも毛布もきちんと整えられた状態で、すべてはただ静かに風化していた」

「何だか、乗組員が急に全員いなくなった船の話みたい。昔、寄宿舎の図書室で読んだことがあります」

そうだな、と頷《うなず》いて森は今にも消えそうな小さな火が宿る暖炉を見遣《みや》った。

「当然、電気も何もない。夜になると、家の中は真っ暗な闇《やみ》に包まれた。少し動けば埃《ほこり》が舞い上がるような部屋で、俺は何故《なぜ》かとても落ち着いた気分でただ座っていた。……とすれば、息をすることすら忘れそうな静寂だった」

敏生はゴクリと生唾《なまつば》を飲んだ。彼の脳裏には、真っ暗闇の中、完全な沈黙のうちに、まるで彫像のように座り続ける森の姿が、まざまざと浮かんでいた。

「……それで、何かあったんですか？」

「あったよ。……時計を持っていなかったから時刻はわからないが、やがて音もなく、男の幽霊が俺の前に現れた。白人の、瘦《や》せた老人だった。白い髪の下に、落ちくぼんだ目が見えた。彼はガウンをまとっていた」

「……それが……この家を建てた人……？」

「ああ。すぐにそうだとわかった。俺は何も言わず、彼を見ていた。彼も、俺の前に立って、ただじっと俺を見ていた。……穏やかな顔をしていたよ」

森は、そっと敏生の手を取った。敏生は森の冷たい手に、もう一方の手を重ねて温めるように挟み込む。

「彼は俺の肩に手を置いた。その瞬間、彼の孤独や悲しみが俺の心の中に流れ込んできた。だが、その中にささやかな……けれど確かな喜びがあった。彼が奏《かな》でる音楽に合わせてさえずる小鳥、暖炉に燃える火、庭でのびのびと育っていく木々や芝生……。彼の悲しみの記憶で凍えた胸が、じんわりと温められる気がしたよ」

「……この家を建てた人は、この家と……それからこの家に生きている命たちのことが、ホントに好きだったんですね」

しみじみとした敏生の言葉に、森は瞬《まばた》きで頷《うなず》く。

「彼は俺に多くを伝えはしなかったが、それだけで十分だった。彼はこの家に思いを残しつつも、老いと孤独とに耐えかねて、みずから命を絶った。それがわかっただけでよかったんだ。……そして最後に、俺にこの家を託すと、そう目で伝えて、彼は消えていった」

森は懐《なつ》かしそうに目を伏せ、こう付け加えた。

「きっと、彼は死してなお、この家に深い愛着があったんだと思う。だからこそ、家を託せる人間が来るのを、じっと待っていた」

「……他の人たちはみんな、彼のことを怖がったり、彼に認められなかったりしたんですね。でも、天本さんのことは、認めてくれた……？」

「ああ。彼が俺を選んでくれたことを、俺は素直に嬉《うれ》しいと思えたよ。そのときの俺は、自分の存在意義を探していた。美代子の保護者、そしてこの家を守る者……この世に自分が生きながらえる理由を、死に物狂いで見つけようとしていたんだ。彼がこの家を俺に任せてくれなかったら、あるいは俺は駄目になっていたかもしれないな。そういう意味では、彼には感謝してもしきれない」

「天本さん……」

敏生は痛ましそうに森の顔を見つめる。森は、微笑してかぶりを振った。

「そんな顔をしなくていい。昔の話だ。……翌朝俺は、さっそくこの家を買い取りたいと申し出て、家主に紹介してもらった。当時の俺の持ち金では頭金しか払えなかったが、家の処分によほど困っていたんだろうな。家主はそれでもいいと言ってくれたよ。だから俺は、年齢のわりに大きな借金を背負って、この家を手に入れた。ああ、借金はもう完全に返済したから、心配しなくていいぞ。術者を辞め損ねたおかげで、その点においては助かった」

照れ隠しのような森の冗談に、敏生はクスッと笑った。

「そんなこと、心配してませんってば。いい話なのに、茶化さないでくださいよう。……

それで、美代子さんとこの家に引っ越してきて、少しずつ今みたいな感じにしたんですね」

「ああ。業者を入れる金はなかったから、美代子と二人でこつこつ家を掃除し、修繕し、何とか元の状態に近づけようとした。庭も荒れ野のようで、地面に生えているのが芝生のなれの果てだと気付いたのも、ずいぶん後になってからだったよ。それくらい酷《ひど》い有り様だったんだ」

「じゃあ、今この家にある家具とかは、元の持ち主のものなんですか？」

「ああ、ほとんどはそうだな。……家が少しずつ生き返るように、俺の凍りついていた心も少しずつ溶けていった。そうして俺とこの家がどちらも生き返った頃に、美代子が出ていった。あいつなりに、俺を気遣ってくれていたんだろうな」

「美代子さんが……。そうですよね。美代子さん、ホントは凄《すご》く優しい人だから」

敏生はそう言いながら、ずっと両手で温めていた森の手のひらを、そっと自分の唇に押し当てた。そんな幼い慰めに、森の目が優しく細められる。

留守の間に薪《たきぎ》が湿《し》けていたのだろう。しばらく小さく爆《は》ぜていた暖炉の火が、ようやくパチパチと勢いよく燃え始めた。冷えきっていた室内が、少しずつ暖かくなってくる。

森はしばらく黙って暖炉の火を見つめていたが、やがて低い声でこう言った。

「だが、本当の意味で、この家と俺の両方に命を吹き込んでくれたのは、君だよ」

「え？」

「俺に君を助けるよう言ったのは、俺が来るずっと前からこの家に棲《す》み着《つ》いていた精霊《せいれい》たちだった。君もまた、この家に息づく者たちに選ばれた存在なんだよ。そして俺はそのことを……君の存在を俺に教えてくれた精霊たちに、心から感謝している」

「そんな。僕だって、天本さんに助けてもらって、この家に住むことができて、どれだけありがたいと思ってるかわかんないのに……」

敏生は、ふうっと大きな息を吐いた。

「大好きな人がいて、その人と一緒にこうしていられる家があって。みんなが集まって賑《にぎ》やかなときも、こうして二人きりで静かなときも、この家はいつだって暖かく僕らを守ってくれていて……」

敏生の視線が、結局片づけないままずっと居間に置き去りになっていたクリスマスツリーに注がれる。枝という枝には、敏生と小一郎がいっぱいに飾りつけたオーナメントがぶら下がり、暖炉の炎を反射して煌《きら》めいていた。

「ねえ、天本さん」

甘えた声で呼びかけられて、応《こた》える森の声も自然と甘くなる。

「何だい？」

敏生はモゾモゾと身じろぎして、両腕を森のほうに差し上げた。意図を察した森は、少し身体《からだ》を屈《かが》めてやる。敏生は、森の首筋にフワリと腕を回した。

「一緒に出かけたときも、別々に出かけたときも、僕たちはいつだってこの家に帰ってくるんですよね」

「ああ」

「ここにはもうたくさん思い出があるけど、これからもずっと、二人でこんなふうに一日一日、いろんな思い出を積み重ねていきましょうね。悲しいことやつらいことだってあると思うけど、それもきっと、いつかは優しい記憶に変わるから」

「敏生……」

敏生の表情のわずかな変化から、彼がかつてここで自分が命を失いかけたことを思い出しているのを察して、森の胸が鋭く痛む。だが敏生はそのことには触れず、森の首筋にかけた手に力を込めた。森は少しも抗《あらが》わず、上体を深く屈め、敏生に顔を近づける。

互いの唇を軽く触れ合わせてから、敏生は森の高い鼻に自分の鼻をくっつけ、幸せそうに笑った。

「僕たちがハッピーに暮らしてたら、きっと家も楽しい気分になってくれると思うんです。だから……いつまでもこの家で、天本さんと幸せに暮らせたらいいのになって。そうして僕が、天本さんをうんと幸せにしてあげられたらいいのになって」

「求めよ、さらば与えられん……だ」

森の鋭い黒曜石の瞳《ひとみ》が、今は優しく微笑している。その眼差《まなざ》しに魅入られたように瞬《まばた》きを忘れた敏生の頬《ほお》を、森は冷たい手で包み込んだ。

「君が傍《そば》でこうして笑っていてくれれば、それだけで俺は最高に幸せな気分になれるよ。だから俺も最大限の努力をしよう。君がいつでも笑っていられるように」

「あまもとさ……」

何か言いかけた敏生の唇を、森の指先がそっと押さえて黙らせる。森は、至近距離で揺れる敏生の鳶色《とびいろ》の瞳を見つめて、囁《ささや》いた。

「覚えていてくれ。君はいつだって、二つの家を持っている。……この家と、俺だ。どちらも、いつだって君を受け入れ、君を守るよ。だから君も、この二つの家を、いつまでも愛していてくれないか」

「……はいっ」

ゆっくりと近づいてくる森の端正な顔に、敏生は頬を仄《ほの》かに染めて目を閉じた。


口づけに没頭する二人を見ていられないと思ったのかどうか。テーブルの上に置かれたままその存在を忘れ去られた哀れな式神《しきがみ》は、クッタリしたタオル地の前足でボタンの両目を塞《ふさ》ぎ、パタンと仰《あお》向《む》けにひっくり返ってみせたのだった……。

あとがき

皆さんお元気でお過ごしでしょうか、椹野道流《ふしのみちる》です。

暑い暑い夏……に負けました、すみません。またやっちまいました……。『楽園奇談《らくえんきだん》』、お届けが遅れてしまいました。数年おきに呼吸器系をやられる呪《のろ》いでもかかっているのか、今年は「夏型過敏性肺臓炎《かびんせいはいぞうえん》」という偉そうな名前の病気で延々咳《せき》と熱にひっくり返っておりました。自宅の中に無理やり構築した私の仕事場は半地下なんですが、元は物置だっただけに、エアコンは前の家についていた古い奴《やつ》をじつにいい加減な工事でつけたらしく、排水が室内に逆流してくる体《てい》たらくなのです。で、どうもフィルター掃除を怠ったことと排水逆流が、病気の原因であろうと。皆さん、エアコンの掃除はバッチリしましょうね……。

そして、お詫《わ》びをもう一つ。前作『犬神奇談《いぬがみ》』で、方言に誤植がありました。五十九ページ三行目「おがんとこの……」は、正しくは「わがんとこの……」です。ご協力いただきました藤谷綾郁《ふじたにあやか》さんには、大変ご迷惑をおかけいたしました。申し訳ありませんでした。

実はついこの間、生後三週間ほどの子猫を五匹拾いました。いや、保護したというのが正しい表現かもしれません。うちの物置で彼らを産んだ野良《のら》の母猫が、車に轢《ひ》かれて死んでしまったのです。で、鳴いてる子猫を放置できない一家なので、ブツブツ言いながら引き取って育てることにしたのです。

とにかく、三時間おきにミルクを注射器で飲ませ、保温に気をつけて育てていたのですが、途中で気がつくと日光浴中に一匹増えているというアクシデントがあったり（未《いま》だにどこからどうやって交ざってきたのか不明）、目が目やにでベタベタで、しょっちゅう目薬を差してやらないといけなかったり、シラミだらけだったり、最初からかなり大変。

しかも、六匹揃《そろ》ってパルボウイルスに感染していたらしく、次々に猫ジステンパーを発症して、もうひっくり返るほど驚きました。猫ジステンパーは、白血球が物凄《ものすご》い勢いで減少する病気で、子猫は特にこれを発症すると、一日やそこらで容態が急変し、なすすべもなく死んでしまうのです。近所の獣医さんにはあっさり見放され、どうしようと途方に暮れていたとき、熊本《くまもと》県のとある獣医さんが、猫のインターフェロンというものを教えてくれました。それを子猫にぶすぶす自分で注射して、一週間。二匹はあっという間に死んでしまいましたが、残りの四匹は、注射が間に合ったらしく、元気になってすくすく育っています。

今回つくづく思ったことは、「医者って凄《すご》いなあ」でした。いや、私のことではもちろんなく、途中から子猫たちとの闘病生活に参戦してくれた、耳鼻科医の父のことです。

　私は学生時代から臨床医学にまったくといっていいほど興味がなかった困ったちゃんだったのですが、その理由を今さらになって悟りました。どうも私は、臨床医になるには「生への執着」が薄すぎたようです。一方、ずっと臨床医をやってきた父の「患者を死なせない」ことへの執念には、物凄《ものすご》いものがありました。

　グッタリした子猫たちに一匹一匹長い時間をかけて無理やり少しずつミルクを飲ませ、一匹ずつ食器と手袋を替え、使った後はすべてのものを消毒し、服を着替え、手足をがさがさになるまで洗い……。そんな気が遠くなるような作業が一日三回、延々と続くのです。挫《くじ》けそうになる私を叱《しか》りとばし、父は絶対に大丈夫だから頑張れと、猫たちを励まし続けていました。いくら注射が間に合ったといっても、父の強制給餌《きゆうじ》がなければ、子猫たちは体力が落ちて死んでいたことでしょう。やっぱ医者ってすげえ（笑）！　親子で同業者だと、考えの相違で揉《も》めることが多く、今回もインターフェロンの注射をするか否《いな》かでかなり父と議論を重ねました。そんなふうに、ケアの一つ一つについて二人で意見を戦わせて試行錯誤していくのは、後になって振り返ると、なかなか貴重な体験だったなと思います。いくつになっても、親を尊敬する機会があるというのは素敵《すてき》なことだな、と実感しました。悔しいことに、まだまだ親は超えられないようです……。

今回、原稿を書くとき聴いていた音楽は……RIP SLYMEの「楽園《らくえん》ベイベー」……というのはもちろん嘘《うそ》です。本当のことを言うと、SUCK DOWNの「凛《りん》と立つ」を延々と聴いておりました。どうしてこんなに上手でかっこいいのに今ひとつメジャーじゃないんだろうと不思議に思うバンドで、この歌も凄《すご》く渋いです。お経みたいな歌なので、ずーっとエンドレスで聴いていると、時間を忘れて仕事ができて助かりました。

ところで、今回の『楽園奇談』、何やらいつもとタイトルの趣が違う、と担当さんに言われたんですが、そうかな……。「楽園」には三つの意味があって……これは本当は読者さんに自由に解釈してもらえばいいことなのですが、今回は敢《あ》えて書いておきます。担当さんと同じく読者さんにも「変なタイトルだ」と思われてると悲しいので(笑)。想像の幅を挟めないで、という方は、ここから先しばらく飛ばしてくださいね。

この小説を書くに当たって想定した三つの「楽園」とは、まず今回の舞台になった「東京タイムスリップパーク」自体です。二つ目は、天本《あまもと》や龍村《たつむら》の学生時代……今はもう遠くなってしまった十代の日々、そして三つ目は、本編を読んでいただければピンとくるかもしれませんが「お家《うち》」です。それぞれがどう「楽園」なのかまでは書きませんし、人によって異なる「楽園」があると思うんですが、私にとっていちばん大事な「楽園」は……

やっぱり「お家《うち》」かな。

そして、恒例の話です。お手紙に①80円切手②タックシールにご自分の住所氏名を様付きで書いた宛名《あてな》シール（両面テープ不可）を同封してくださった方には、特製ペーパーを送らせていただいています。作品の裏話や同人誌情報といった情報満載の紙切れです。原稿の合間にペーパーを作り、少しずつお返事しますので、かなり時間がかかります。申し訳ありませんが、広い心で待っていただけます方のみご利用くださいませ。

また、お友達のにゃんこさんが管理してくださっている槌野後見ホームページ「月世界大全」http://moon.wink.ac/でも、最新の同人情報やイベント情報がゲットできます。ホームページでしか読めないショートストーリーもありますので、パソコンをお持ちの方は、今すぐアクセスしてみてくださいね！

さて、それでは次回予告……と思いましたが、今回、予想外だったあの人の大活躍により、次作の予定が少々変わってきました。で、予告の代わりに嬉《うれ》しいお知らせを！

皆さんのおかげで、奇談ドラマCD第二弾の制作が決定しました！　発売は来年になってからの予定ですが、今回はちょっとしたサプライズもあり、私も今からドキドキです。前述のホームページで、随時こちらの情報もアップしてもらいますので、是非チェックしてみてください。最近は「鬼籍通覧《きせきつうらん》シリーズ」のほうでも多忙な龍村先生が、第二弾CDでは、重要なポジションを占めているようですよー。

では、最後にいつものお二方にお礼を。
担当の鈴木《すずき》さん。復帰第一弾でいきなりのワガママ、すみませんでした。CDのほうでも、山ほどお世話になります。よろしくお願いいたします。
イラストのあかまさん。前作『犬神奇談』の、龍村乱入シーンのイラストが、もう大好きでした。CDのレコーディングの際は、また一緒に転げてくださいね！

それではまた、近いうちにお目にかかります。ごきげんよう。

——皆さんの上に、幸運の風が吹きますように……。

椹野《ふしの》　道流《みちる》　九拝

椹野道流先生へのファンレターのあて先
〒112-8001　東京都文京区音羽2-12-21　講談社　X文庫「椹野道流先生」係
あかま日砂紀先生へのファンレターのあて先
〒112-8001　東京都文京区音羽2-12-21　講談社　X文庫「あかま日砂紀先生」係

N.D.C.913　284p　15cm

椹野道流（ふしの・みちる）
2月25日生まれ。魚座のO型。兵庫県出身。某医科大学法医学教室在籍。望まずして事件や災難に遭遇しがちな「イベント招喚者」体質らしい。甘いものと爬虫類と中原中也が大好き。主な作品に『人買奇談』『泣赤子奇談』『八《や》咫《た》烏《がらす》奇談』『倫敦《ロンドン》奇談』『幻月奇談』『龍泉奇談』『土蜘蛛奇談（上・下）』『景清奇談』『忘恋奇談』『遠日奇談』『蔦蔓奇談』『童子切奇談』『雨衣奇談』『嶋子奇談』『貘夢奇談』『犬神奇談』、オリジナルドラマCDとして『幽幻少女奇談』がある。

講談社X文庫

white heart

楽園《らくえん》奇《き》談《だん》

椹野《ふしの》道流《みちる》

●

2002年12月5日　第1刷発行

定価はカバーに表示してあります。
発行者――野間佐和子
発行所――株式会社　講談社
東京都文京区音羽2-12-21　〒112-8001
電話　編集部　03-5395-3507
販売部　03-5395-5817
業務部　03-5395-3615
本文印刷―豊国印刷株式会社
製本―――株式会社中澤製本所
カバー印刷―半七写真印刷工業株式会社
デザイン―山口　馨

ISBN4-06-255642-1

第11回
ホワイトハート大賞
募集中!

新しい作家が新しい物語を生み出している
活力あふれるシリーズ
大賞受賞作は
ホワイトハートの一冊として出版します
あなたの作品をお待ちしています

〈賞〉

大賞
賞状ならびに副賞100万円
および、応募原稿出版の際の印税

佳作
賞状ならびに副賞50万円
（賞金は税込みです）

〈選考委員〉
川又千秋
ひかわ玲子
夢枕獏
（アイウエオ順）

左から川又先生、ひかわ先生、夢枕先生

〈応募の方法〉

○資　格　プロ・アマを問いません。
○内　容　ホワイトハートの読者を対象とした小説で、未発表のもの。
○枚　数　400字詰め原稿用紙で250枚以上、300枚以内。たて書きのこと。ワープロ原稿は、20字×20行、無地用紙に印字。
○締め切り　2003年5月31日（当日消印有効）
○発　表　2003年12月26日発売予定のX文庫ホワイトハート1月新刊全冊ほか。
○あて先　〒112-8001　東京都文京区音羽2-12-21　講談社X文庫出版部
ホワイトハート大賞係

○なお、本文とは別に、原稿の1枚めにタイトル、住所、氏名、ペンネーム、年齢、職業（在校名、筆歴など）、電話番号を明記し、2枚め以降に400字詰め原稿用紙で3枚以内のあらすじをつけてください。

原稿は、かならず、通しのナンバーを入れ、右上をとじるようにお願いいたします。

また、二作以上応募する場合は、一作ずつ別の封筒に入れてお送りください。

○応募作品は、返却いたしませんので、必要なかたは、コピーをとってからご応募ねがいます。選考についての問い合わせには、応じられません。
○入選作の出版権、映像化権、その他いっさいの権利は、小社が優先権を持ちます。